文春文庫

耳袋秘帖

南町奉行と死神幇間

風野真知雄

文藝春秋

耳袋秘帖　南町奉行と死神幇間《ほうかん》●目次

耳袋秘帖

南町奉行と死神幇間《ほうかん》

序章　野だいこの影

一

「ほら、雨傘屋。さっさと歩け」

「親分。昨夜は遅かったんですから」

「なんだい、寝たりないくらい。あたしなんか、昨夜は三度も厠《かわや》に立って、そのつどなかなか眠れなかったよ。まったく、寝る前に饅頭《まんじゅう》を三つも食べるもんじゃないね」

「饅頭食べると、厠が近くなるんですか？」

「馬鹿だね。饅頭食べたら、一個につき、どうしたってお茶の二杯は飲んじまうだろ」

「ははあ……」

女岡っ引きのしめと、子分の雨傘屋こと英次《えいじ》が、早朝、神田白壁町《かんだしらかべちょう》の家から南町奉行所に向かっている。

まだ明け六つ（午前六時）からさほど経っていないが、早くに南町奉行根岸肥前守鎮衛《ねぎしひぜんのかみやすもり》の私邸のほうに行くと、お奉行といっしょに朝飯がいただけるという役得がある。

だからしめは、

「もっとさっさか歩けないもんかね」

と、急《せ》かしているわけである。

鎌倉河岸《かまくらがし》にさしかかったとき、河岸の大きな料亭から、若女将や板前に見送られて、

「若旦那。そっともどらないと、おとっつぁんに叱られますよ」

などと声をかけられながら、若い男が出て来たところだった。明け方まで飲んで、そのままひと眠りしていまから帰るのだろう。

しめは、すぐ後ろをついて来る雨傘屋に、

「あんた、羨ましいんじゃないのかい？」

と、声をかけた。

「なにを言ってるんですか、親分」

「あんたもあたしにこき使われているより、なんか金儲けに精を出したほうが、あ

あいう乙《おつ》な朝を迎えられるんじゃないのかい？ あんたくらい才能があれば、金儲けなんか簡単なことだろうが」

「そうかもしれませんが、いまは捕《と》り物《もの》のほうが面白いんですよ」

「無理しなくていいよ」

「いいえ、無理なんかしてません。だいたい、お座敷遊びなんざ、そんなに楽しいものじゃないんですよ」

雨傘屋は、達観したような口ぶりで言った。

「あら、そうなの。あたしが男でお金があったら、毎日だってやっちゃうけどね」

「ま、惚れるような芸者でもいれば、そういう心境にもなるかもしれませんが、あっしはそんな芸者にはお目にかかれませんでした。むしろ、幇間《ほうかん》と遊んだほうが面白かったくらいで」

「幇間？」

「たいこもちのことですよ」

「あの、やたらと人をよいしょする男芸者かい？」

「ええ。あの人たちは、遊びというのがなんたるものかを、よく知ってますからね」

「ふうん。そうなんだ」

竜閑橋《りゅうかんばし》を渡ってお濠《ほり》沿《ぞ》いに進み、一石橋《いちこくばし》にかかったときである。

「おや？」

雨傘屋が足を止めた。

「休むんじゃないよ。いまごろはもう、お奉行さまは顔を洗い終えたころだよ」

根岸の朝食は、なにも贅沢《ぜいたく》なものではない。ありきたりというより、むしろ町奉行の身分にしたら質素過ぎるくらいである。だが、しめは根岸といっしょに食事ができることが、嬉しくてたまらないのだ。

「でも、親分、あれ」

雨傘屋が指差したのは、お濠から日本橋川へ入り込んだ流れのほうである。岸は蔵地《くらち》になっているのだが、その川端《かわばた》に人だかりができていた。

どうやら、水のなかから人を引き上げようとしているらしい。

「土左衛門かい？」

しめは顔をしかめた。

「事件かもしれませんよ」

「まったく。もう、根岸さまの朝食には間に合わないよ」

そうは言いながらも、人だかりのほうに足を向けたのは、江戸でただ一人の女岡っ引きとしての、自覚と矜持《きょうじ》のなせるところだろう。

蔵のあいだの細道を抜けて、

「どうしたい？」

と、しめは声をかけた。川のほうから吹き寄せて来る風が、ずいぶん冷たい。冬が迫っている。

「あ、しめ親分でしたか。浮いていたんですよ」

答えたのは、ここ西河岸町《にしがしちょう》の番屋の番太郎だった。

土左衛門は、縁《ふち》のところに引き上げられた。まだ若いが、いかにも金のかかった、洒落た身なりをしている。

「おい、この人は〈大松屋《おおまつや》〉の若旦那だろうよ」

手伝っていた近所の者らしい男が、驚いたように言った。

「なんだと、すぐ報《しら》せて来いよ」

「わかりました」

番太郎が大通りのほうに走って行った。

二

もう朝飯にはありつけないと思ったけれど、しめと雨傘屋がいちおう根岸の私邸のほうに顔を出してみると、なんと今朝はたまたま根岸の起きるのが遅くなったとかで、ちょうど朝食の席に着いたところだった。

「よう、しめさん。わしも遅くなったが、しめさんたちもいつもより遅いのではないかな？」

「そうなんですよ。じつは妙な土左衛門に出くわしちまいましてね。あ、すみません。いまから朝食を召し上がるところなのに」

「いや、別にかまわんよ」

根岸がうなずくと、

「どこでだ？」

と、すでに朝飯を終えたらしい、夜回り同心こと土久呂《どくろ》凶四郎《きょうしろう》が訊いた。

「一石橋のちょっと日本橋寄りのあたりです。土左衛門は、通一丁目《とおりいっちょうめ》の紙問屋大松屋の若旦那だったんですが、酔うと、自分の舟を出して、掘割《ほりわり》を回ってくる癖があったらしくて、その舟に乗っているときか、降りるときにでも落ちたんだろうというのが、町役人たちの見方でした。いちおう、あたしから検死役にも見ていただくよう、話はしておきましたが」

「そうか」

と、凶四郎は言った。

「ところがお奉行さま、あの界隈《かいわい》で噂になっている話がありましてね……」

しめは話をつづけた。

根岸の大きな耳がぴくりと動いた。

「なんでも、日本橋界隈を仕事場にする超弦亭《ちょうげんてい》ぽん助《すけ》という幇間がいるらしいんです」

「噂？」

「超弦亭ぽん助？　聞かぬ名じゃな？　日本橋の検番に入っているのか？」

「いえ、検番には登録していません」

「というと、野だいこか」

「そうみたいです。それで、亡くなった若旦那も、昨夜はそのぽん助とずいぶん楽しくやって、酒もだいぶきこしめしたらしいんです」

「なるほど」

「ぽん助は、まだ四十どころか、三十半ばほどの、若いと言ってもいいくらいの幇間らしいんですが、よいしょもうまいし、客の気も逸《そ》らさず、笑いの絶えない席にしてしまうんだそうです」

「ほう」

「この雨傘屋も言っていたんですが、幇間と遊ぶのは面白いらしいですね」

しめは雨傘屋を指差して言った。

雨傘屋は、困ったような顔で頭をぽりぽりと掻いた。

「ところがですよ、お奉行さま。このぽん助と遊んだ人は、なぜか数日以内に、不《ふ》慮《りょ》の死を遂げてしまうというんです」

「不慮の死？」

「ええ。今日の若旦那は溺死ですが、荷車に轢《ひ》かれたり、愛宕山《あたごやま》の階段から転落したりしているんです」

「殺しじゃないのか、それは？」

わきから凶四郎が訊いた。

「でも、どれも目撃していた人がいて、殺されてなどいないらしいです。昨夜の若旦那にしても、一人で舟を漕ぎ出すところは、一石橋の上から見ていた人がいて、ああ、また若旦那が酔狂なことをしていると思ったんだそうです」

「荷車の事故や愛宕山の転落でもか？」

凶四郎はさらに訊いた。

「ええ、どっちも目撃した人がいて、そばには誰もいなかったそうです」

「ふうむ」

「それで、近ごろはそのぽん助のことを、あいつは幇間なんかじゃねえ、死神だと、そういう人も出てきているらしいです」

しめは、言いながら、腕のあたりに鳥肌が立つのがわかった。

「死神幇間ねえ……」

根岸はなにか気になることでもあるらしく、

「しめさん。その件を、ちょっと突っ込んでみてくれないか」

と、言った。

「突っ込むんですか？」

「ああ。まずは、そのぽん助の身元を明らかにしてくれ」

「わかりました」

しめは、雨傘屋を見て、うなずいた。

まったく、あんたがあそこで、土左衛門なんかに目をとめるからだよと、文句の一つも言ってやりたい。

「しめさんだけでは大変かもしれぬ。土久呂も手伝ってやってくれ」

「承知しました」

「お願いします」

と、改めて凶四郎に目をやったしめだが、首のところを見て、怯えたように目を瞠《みは》った。凶四郎の首のところには、なにやら絞められたみたいな、赤黒く禍々《まがまが》しい痣《あざ》ができていたのだった……。

第一章　座敷わらしの目

一

この日の夕方――。

土久呂凶四郎は、相棒の岡っ引き源次《げんじ》とともに、江戸屈指《くっし》の料亭である日本橋浮世小路《うきよしょうじ》の〈百川《ももかわ》〉に顔を出した。

ここは、元老中の松平楽翁《らくおう》こと定信《さだのぶ》もしばしば利用するところでもある。しめたちは、二流三流どころの料亭を当たっているはずで、凶四郎は一流どころで、超弦亭ぽん助のことを訊き回ることにしたのだ。

「ちと、訊きてえんだがね」

凶四郎は、帳場にいた女将に声をかけた。

「ええと」

女将は、どちらさまでしたか？　という顔をした。

「南町奉行所の土久呂って者だよ」

「あら、南町の……。はい、根岸さまにはつねづねお世話になっております。この前も、楽翁さまといっしょにお見えになられて」

「それより、話が長くなりそうだったので、幇間で超弦亭ぽん助という者のことを訊きたいんだがな」

「超弦亭ぽん助？」

「ここには来ないかい？」

「そのお人は、検番を通って来るので？」

「いや、野だいこらしいんだ」

「ああ、うちじゃ、野だいこはご勘弁願っているんですよ。よほど、ご贔屓《ひいき》のお客さまのお気に入りというなら別ですが。それでも、その名に覚えはありませんね」

「そうか、ありがとよ」

と、踵《きびす》を返そうとすると、

「それより、土久呂さま」

「ん？」

女将は眉根《まゆね》に皺《しわ》をつくって、

「近ごろ、うちで妙なことが起きてましてね」

と、声を低めた。

「どうかしたかい？」

「こんなこと、ご相談していいのかわかりませんが、根岸さまのところの同心さまと聞いたら、相談せずにいられません」

「ああ、なんでも話してみなよ」

「では、ちょっとこちらに」

と、凶四郎と源次は、帳場の裏の小部屋に通された。

「じつは、うちの座敷に、ときおり幼い子どもが座っていることがあるんですよ」

「座敷に？」

「ちょうど空《あ》いていて、誰もいない座敷なんですが」

「ここの家族じゃなくてかい？」

「うちの子はもう、皆、大きくなってますし、板さんや女中たちは、ここに子どもを連れて来るなんてこともありません。そういうことはしないように言ってますし」

「ふうん」

凶四郎は源次を見ると、

「どこかから、腹を空《す》かした子どもが入り込んでいるんじゃないんですかい？」

と、源次が訊いた。

「腹を空かした子ども？」

「みっともねえ話だが、おいらは子どものころ、腹を空かして、友だちといっしょに食いもの屋にもぐり込んだことがあるんでね」

「だったら、食べもののある調理場あたりに行きますでしょ」

「そりゃそうだ」

「その子がいるのは、お膳も出ていない座敷なんです」

「男の子かい、女の子かい？」

と、凶四郎が訊いた。

「男の子です。それも、きちんとした身なりの」

「女将さんも見たんだ？」

「あたしは見てないんですが、うちの女中と、出入りの芸者が一人、それとお客さまが何人か、目撃しているんです」

「男の子がな」

凶四郎は、次第に面倒な気持ちになってきた。忙しい町方の同心が調べるようなことではなさそうである。

「身体がぼぉーっと光っていたらしいんです」

「それで、うちの女中が、この人は肝《きも》の太いのは男まさりなんですが、『あんた、誰？』と訊いたんだそうです。すると、とっとこ、とっとこ逃げ出して、女中も後を追いかけたんですが、廊下の隅まで行くと、すうっと消えてしまったというんです」

「消えたのかよ」

「嘘を言うような人間じゃありませんよ」

「なにか盗まれたものとかは？」

「それはありません」

「だったら、怪《あや》かしの類《たぐ》いだわな」

凶四郎は苦笑して言った。

だからといって、本気で調べる気にはならない。凶悪な怪かしならともかく、子どもが座敷に座っている程度のことなら、目の錯覚だの、白昼夢だの、そんなことでも起きることだろう。そういったものは、この江戸では毎日、百や二百は出現しているはずである。

「ほら、あの『耳袋《みみぶくろ》』」

と、女将は言った。

「ああ」

「なるほど」

それは、根岸肥前守が長年書きつづけているもので、巷《ちまた》の怪異なできごとも数多く記されている。別段、出版されているわけではないのに、写本が出回り、かなり大勢の人たちが、これを愛読しているらしい。

「あれに出てきても、おかしくありませんでしょ」

「そうかね」

凶四郎は、別に編纂《へんさん》の手伝いをしているわけではないので、なんとも言えない。

「根岸さまに、お伝えしていただけませんでしょうか？」

「伝えるのかい？」

「根岸さまなら、すぐに正体もおわかりでしょう。正体さえわかれば、あたしのほうも、神主を呼んでお祓《はら》いをするとか、誰かの供養をするとかもいたしますので。とにかく、このまま出つづけられたら、気味が悪くてしょうがないんですよ。あたしがお願いしていたと、ぜひ」

女将はそう言って、凶四郎の懐になにか入れようとした。

「おっと、それはいけねえ。ただの口利《くちき》きだけで、そんなことをしてもらっちゃ困る」

凶四郎はその手をかわし、

「わかった。お奉行には伝えておくよ」

と、約束した。

このあと、凶四郎と源次は浅草山谷《さんや》の有名な料亭〈八百善《やおぜん》〉に顔を出し、ぽん助のことを訊いたが、やはり知らないと言われ、次に雷門前の〈亀屋〉に行こうとしたとき、

「おっと」

ぶつかりそうになったのは、

「おやおや、こらまた、南町の名物同心であらせられる夜回りの旦那。今宵もお疲れさまでございますね」

持っていた扇子で、ぴしゃりと自分の頭を叩いた。

「おめえは確か、浅草検番に出ている幇間の……」

「へえ。幽玄亭一八《ゆうげんていいっぱち》と申すしがないたいこもちでございます」

揉み手をしながら、垂れ流すように笑みを浮かべた。

それを見ると、源次は、

「ちっ」

と、舌打ちして、顔をそむけた。この手の芸人が、源次は大嫌いなのである。

だが、凶四郎には毛嫌いする気持ちはない。幇間の出てくる落とし噺《ばなし》で大笑いし

たこともある。それに、根岸が贔屓《ひいき》にしている岡っ引きにも、幇間をしている男がいるくらいで、偏見などは持ちようがない。

「そうだ、同業者なら知ってるか」

と、凶四郎は手を叩いた。

「なんでげしょ？」

「超弦亭ぽん助という幇間のことなんだがな」

「あ、ぽん助ね」

と言ったあと、人差し指を口に入れると、

「ぽん」

と、音を立てた。どういうつもりかはわからない。

「知ってるのか？」

「名前は知っておりますが、旦那、同業者というのはお間違いでげすよ。ぽん助は、野だいこでげす。幇間と野だいこは、八丁堀と八丁味噌くらいの違いはありますでげす」

「そうなのか。だが、知っていることがあれば、教えてもらいてえな」

「よくは知りません。が、幇間というのは、たいがい遊びが過ぎて、身を持ち崩した挙句になるものなんでげす」

「ああ、たいこもち揚《あ》げての末のたいこもち、とかいう川柳は知ってるぜ」

「でげしょ。あたくしだって、こう見えて、元は若旦那なんぞと持ち上げられた口でしてね。ところが、ぽん助ってのは、遊びはほとんどやらないまま、いきなり幇間をめざしたんだそうです」

「ほう」

「あの人の師匠は、深川では今も売れっ子の金原亭《きんげんてい》きん助《すけ》という幇間でしてね。この人はまあ、芸の達者な人ですよ。その人に弟子入りして、芸を磨いたというんですから、深川でやってりゃいいのに、なんでわざわざ野だいこなどしてるのか、そこが不思議だなあと、あたくしなんぞは思うわけでして」

「なるほどな。そりゃあ、いい話を聞いた。ありがとよ」

「とんでもない。お役に立てたら本望《ほんもう》でげす。それより旦那、根岸さまにはぜひ、お伝えいただければ。幇間の幽玄亭一八から聞いた話だと。あいつは贔屓にしてやったほうがいいだろうってね」

「ああ、わかった。言っとくよ」

　とは言ったが、たぶん言わない。

「旦那に今晩、いいことがありますように。よいしょっと」

　そう言って一八は、両手を上に持ち上げるようなしぐさをした。

二

結局、幽玄亭一八に聞いたこと以外は、たいして話は聞けずに、そのまま深川界隈を回って、凶四郎は明け六つどきに奉行所にもどった。

朝食というか、凶四郎にとっては晩飯にあたるが、それを出してもらうため、根岸の私邸の一室に入ると、根岸はまだおらず、宮尾《みやお》玄四郎《げんしろう》が一人で座っていた。

宮尾は、町方の同心ではなく、根岸家の家来で、凶四郎と同じくここの長屋に住んでいるので、朝飯は根岸や凶四郎たちといっしょになったりする。

「お、宮尾さんか。ちょうどよかった」

と、凶四郎は言った。

「なにか？」

「うん。子どもの怪かしについてお教え願いたいのさ」

「わたしにわかるかどうか……」

とは言ったが、宮尾はこのところ、根岸の影響で、怪かしに関する本を山ほど枕もとに積み上げ、読みふけっている。それでもなお、

「お奉行には敵《かな》わない」

と、こぼしている。

「なんせ、お奉行の耳に直接入ってくる話の量が膨大かつ詳細で、書物の話とは違って、生の感触というのがあるのさ」

宮尾はつくづくそう思うらしい。

二人の前に、お膳が出された。

今日の献立は、めざしが三匹に納豆、きゅうりの古漬《ふるづ》けに、大根の味噌汁である。

さっそくこれを食べながら、凶四郎が百川の女将から聞いた話を語ると、

「それは座敷わらしという幽霊に似ているな」

やはり食べながら、宮尾は言った。

「似ている？」

「そう。なぜなら、座敷わらしは子どもにしか見えないとされるから。それは大人も見えているので、座敷わらしではない」

「やっぱり、ただのガキか」

となれば、怪かしでもなんでもない。

「あるいは、座敷わらしに似た、別の怪かしかもしれない。そこらは、御前にお訊きしたほうがいいな」

「座敷わらしを装っているにしても、その本家本元の怪かしについて知りたいね」

「おもに北国《ほっこく》の豪農の家などに現われる」

「江戸では出ないのか？」

「出ないこともないが、北国ほど頻繁《ひんぱん》ではない」

「ふうむ」

「この座敷わらしは縁起のいい怪かしでな、現われる家は栄えるとされる」

「栄えるのかい」

「だが、いなくなると没落する」

「貧乏神の逆か」

「奥座敷に現われるのは、身分の高いわらしだ」

「なんだよ。そんなのにも身分の上下があるのかよ」

「身分の低いわらしは、土間を這い回る」

「それじゃ油虫だろうが」

「わたしが知っているのは、そんなところかな」

と、宮尾が言ったとき、

「どうも、どうも。おはようございます」

しめと雨傘屋が入って来た。

もちろん、朝いちばんの報告というよりは、朝飯のほうが目的である。

とはいえ、しめたちがいると、連絡に便利なことは多い。

「そうだ、しめさん」

と、凶四郎は、百川、八百善、亀屋ではぽん助のことを知らなかったが、幽玄亭一八から聞いた話を伝えた。

「へえ、深川の金原亭きん助ですか。それは耳よりな話を、ありがとうございます。さっそく深川に行ってみます」

しめと雨傘屋にも朝食の膳が出たとき、根岸が現われた。根岸の膳も、皆とまったく同じものである。それをいちばんうまそうに食べるのも、根岸かもしれない。

食べながら、報告も受ける。

今日は、凶四郎がぽん助と、百川の女将の相談について、報告した。

「子どもが座っているのか」

根岸は苦笑した。

「宮尾さんが言うには、座敷わらしに似ているが、違うだろうと」

「そうだな」

「わたしにはただのガキのように思えますが、女将はそうは思っていないみたいで、ぜひ、根岸さまにお伝えして欲しいと」

「そうか」

と、根岸はうなずき、

「そういえば、御前もそんなことを言っておった」

根岸が御前と言えば、それは元老中で、いまは楽翁と号する松平定信のことである。翁とは言っても、歳は根岸より二十以上若い。

「楽翁さまも？」

「百川に行っていたときだ」

「ああ、はい」

「厠に立ったあとかな、妙な顔をしてもどってきてな。わしになにか言おうとしたが、やっぱりやめたといったふうだった。あのときが、それだったのだろう。わしが、どうかなさいましたか？　と訊くと、子どもがなと、それだけポツリとおっしゃった」

「ははあ」

「見たのだろうな」

「そうみたいですね」

「御前はあれで、けっこう変なものを見る人なのだ」

「幽霊を？」

「幽霊だけではない。知らない虫だの生きものだの。それと、空を飛ぶ妙なものとかも見たとかおっしゃっていたな」

「霊感が強いのでしょうか？」

「というより、崇《たた》られやすいところがおありなのかもしれぬな。なにせ、いろいろと隙《すき》がおありだからな」

根岸は楽しそうに言った。

「どうしましょう？」

と、凶四郎は訊いた。

「では、土久呂のほうは、幇間のぽん助の件は後回しにして、その座敷わらしらしきものの件を調べてみてくれ」

「わかりました。それで、楽翁さまに直接お訊ねするのはまずいですか？」

「まずくなどないさ。御前はそなたのことが気に入っているみたいだから、機会を見つけて訊いてみたらいいだろう。御前はおそらく、わしには知られたくないだろうから、わしは口を挟まぬ。なんとか工夫してみてくれ」

根岸は凶四郎の肩をぽんと叩いて、慌ただしく立ち上がった。

ぎっしり予定の詰まった一日の始まりなのだ。

三

夕方近くなって起きた凶四郎は、根岸家の女中につくっておいてもらった握り飯を食べ、しめやほかの同心からの伝言がないのを確かめると、奉行所の外に出た。

「旦那」

と、寄って来た源次の顔が、変に赤い。

「おめえ、酒飲んだのかい？」

「いや、飲んでませんよ」

「顔、赤いぜ」

「ちっと寒けがするんで、風邪ひいたみたいなんです。おふくろが二、三日前から咳をしてましたんでね」

「じゃあ、今日は帰れ」

「大丈夫ですって。風邪くれえで休むほどやわな身体じゃありませんよ」

やわな身体でないことは確かである。それどころか、人並み外れて強靭《きょうじん》な身体をしている。

「そうか。じつは、楽翁さまに会いたいんだがな」

「お屋敷に伺うんですか？」

「いや、おれなんざお屋敷を訪ねても、会ってくれるわけがねえ。偶然を装って、ばったり顔を合わすようにしたいのさ」

「なるほど」

「楽翁さまはしょっちゅうお出かけになるが、たいがい行き先は、築地の別邸か、どこぞの料亭だ」

「見張って、後をつけましょうか？」

「やってくれるか？」

「ええ。旦那はここでお待ちになりますか？」

「いや、本材木町《ほんざいもくちょう》の番屋にでも行ってるよ。楽翁さまが出たら、すぐに報せてくれ。おいらはおめえからちっと離れて後を追うよ」

「わかりました」

定信の屋敷、白河藩邸《しらかわはんてい》の上屋敷《かみやしき》は、八丁堀にある。門の前が、越中橋《えっちゅうばし》である。

源次はこの橋のあたりを行ったり来たりしながら、門の開くのを待った。楓川《もみじがわ》から吹き上げてくる風が冷たいのか、源次は衿《えり》を掻《か》き合わせ、懐手《ふところで》になっている。ときおり咳もしている。

凶四郎は番屋からそのようすを見ながら、

——焼き芋屋でも来たら、買ってやるか。

と、思っていた。

だが、そんな暇もなかった。暮れ六つ（午後六時）の少し前。

白河藩邸の門が開き、いつも定信が乗る、夜目にも輝く黒塗りの駕籠《かご》が現われた。お供は駕籠かきのほか、中間《ちゅうげん》が二人に、腕の立ちそうな若い武士が二人。元老中で、いまも厳然たる力を持つお方の警護にしては、少な過ぎる。

「旦那」

源次が番屋に駆け込んだ。

「うむ。出たか。つけてくれ」

「ええ」

源次が二十間（約三六メートル）ほど離れて後をつけ、さらに十間ほど後を凶四郎が追った。

駕籠はそう遠くには行かない。京橋竹河岸《きょうばしたけがし》にある料亭〈みやさか〉の前で止まった。こぶりだが、かなり上品そうな料亭で、いかにも貴公子が贔屓にしそうである。

御簾《みす》が上がり、なかから出て来た松平定信は、さっさとなかに入って行った。駕籠は河岸のほうで待機し、お供の武士二人が、周囲を見渡してから、料亭に入った。

「どうします？」

源次が訊いた。

「出て来るのを待つよ」

まさか、飲み食いしている部屋に入るわけにはいかない。あくまでも、偶然を装わなければならないのだ。

しかも、根岸から聞いたとも言えないし、百川の女将の話としても、告げないほうがいいだろう。できれば、定信のほうから話してくれたらいちばんなのだ。

一刻《いっとき》（およそ二時間）近く待っていると、玄関口が慌ただしくなった。

近くで待っていた駕籠が、料亭の前にもどり、定信のお付きの者も、玄関に控えた。

「さて、行くか」

「ええ」

控えている者たちを避けるように凶四郎が玄関に入って、

「女将はいるかい？」

と、十手《じって》を見せて声をかけると、

「いま、ちょっと手が離せませんで、お待ちいただければ」

あるじらしき男が言った。

「いいとも」

と、凶四郎は玄関のわきに佇んだ。

定信がほろ酔い加減で出て来ると、凶四郎と目が合った。

「お、夜回り同心ではないか」

友だちと会ったような顔になった。定信には意外にこういうざっくばらんなところもある。だからこそ、根岸も憎めないお人と思っているのだろう。

「これは楽翁さま」

「なにか、事件があったのか？」

「そうなのです。いま、料亭を回っておりまして」

「そうか」

と、定信はうなずき、

「ちょうどいい。そなたも根岸同様、さまざまな怪異を体験しておるわな」

「いちおうは」

「そなたに相談したほうがいいな。根岸に話すと、どうも弱みを握られるような気がするのでな。根岸にはないしょにしてくれるか？」

「楽翁さまのご命令とあれば」

「女将。ちょっとだけ、部屋を貸してくれ。なにも要らぬ。代金はまけてくれ」

「はいはい」

女将は苦笑してうなずいた。

玄関近くの空き部屋に入るとすぐ、

「じつはな、わしはときおり座敷わらしを見るのだ」

と、すぐに言った。

餌もつけないのに、魚がかかった気分である。

「今日もですか?」

「いや、今日は見ておらぬ」

「どこで見たのです?」

「この前、浮世小路の百川で見た。誰もおらぬ座敷に黙って座っておって、なにか変だと思い、近づくと逃げた」

「ええ」

根岸が言っていたのが、このときのことだろう。

「廊下は突き当たりになっていたが、そこで消えた」

「ははあ」

「ご家来衆もご覧になっていますか?」

「それが、誰かがいるときは出て来ぬのだ。もしかしたら、わしは気でもふれたのかと不安になったりする」

「大丈夫です」

と、凶四郎は力強く言った。

「なぜ、大丈夫なのだ?」

「近ごろ、ほかでもその話を聞きました。見たのは、御前だけではありません」

「そうか。そう言ってもらうと安心する」

「それに、それはおそらく座敷わらしではありません」

「そうなのか」

「座敷わらしは子どもの目にだけ見えるもので、大人の目には見えぬものです」

「なるほど」

「おそらく座敷わらしに似た怪かしというのでもないでしょう」

「とすると？」

「何者かのいたずらか、あるいは思惑《おもわく》があって、仕掛けていること」

「ふうむ」

「御前。失礼ですが、なにかやましいことは？」

「やましいこと？」

「これは、御前を疑うわけではありませんが、よく聞くことなのです。できてしまった子どもを、わが子と認めたくなくて、女といっしょに放り出してしまいます。それが怪かしになるならないは別として、恨みは残っています」

いま、思いついたことである。

だが、もしもそういうものだとしたら、ずいぶん念の入った仕返しと言える。

「わしは、そのようなことはせぬ。もしも子ができれば、当然、面倒を見るし、禄《ろく》も与える。それくらいの度量はあるつもりだ」

「わかりました。では、また座敷わらしらしき子どもを見るときがあれば、できるだけ詳しく観察して、それを絵にできるくらいにしていただけませんでしょうか。とくに目元などは特徴が出ますので」

「目元をな。わかった」

定信は安心したらしく、そそくさと立ち上がった。

四

それからわずか半刻《はんとき》（約一時間）後——。

凶四郎は、葺屋町《ふきやちょう》にある、川柳の師匠のよし乃《の》の家にいた。

松平定信を見送ったあと、源次がしきりに咳をし始めたので、

「おい、今日はもう終わろう」

と、声をかけた。

「いいんですか？」

「それで、しばらく無理せず休め」

「そういうわけには」

「いや、休め。こっちも咳をしている岡っ引きを連れ歩くのは、目立ちすぎて、差《さ》し障《さわ》りがあるんだ」

「そうですよね」

と、源次は申し訳なさそうに肩をすくめた。

「替わりに、奉行所の中間を連れ歩いたってかまわねえんだ。おめえの半分も役には立たねえだろうが、座敷わらしを探る分にはなんとかなるだろう。それより、早く風邪を治してくれ」

そう言って、

「これは卵酒代だ」

と、一朱《いっしゅ》握らせて帰したのだった。

「座敷わらしですか」

火鉢に湯豆腐の鍋を載せて、よし乃は言った。先に酒の燗をつけ、それはもう茶碗のなかに入っている。

秘密にするような話でもない。急に訪ねてきたみやげのように、凶四郎はいま、追いかけている怪異のことを語ったのだ。ただ、松平定信の名は伏せている。とある高貴なお方ということにした。

鍋がぐつぐつ煮え始めるのを見ながら、

「一句できそうな怪かしだよな」

　と、凶四郎は言った。

「奥座敷百年座る童《わらわ》おり」

　よし乃がすぐに言った。北国の、豪農の広くて暗い座敷の佇《たたず》まいが、目に浮かんだ。

「仏壇を背にして座るわらしかな」

　と、凶四郎はつぶやいた。

「いいですね」

　よし乃は褒めてくれた。

「でも、おれは怪かしの正体なんざ、ぜんぶがぜんぶ暴かなくていいだろうと思うんだがね」

　と、凶四郎は茶碗酒を飲みながら言った。

「あたしもそう思いますよ」

「だよな」

「根岸さまもそう思われていますよ。『耳袋』を読むと、明らかにそうですもの」

『耳袋』は、ここでも愛読されている。

「そうなのか」

「解決すると、たぶんいろいろ差し障りが出てくるのではないでしょうか」

「ふうん」

もしかしたら、そういう話も書いているのではないか。それは、人に見せないだけなのかもしれない。

「それにさ。人というのは、誰しも幽霊みたいなものを感じることがあるんじゃねえのかな？」

「あると思いますよ」

うなずいて、よし乃は煮えた湯豆腐の鍋を、鍋敷きのほうに移した。小皿のネギとかつぶしに醬油を注いだ。

凶四郎はふうふう言いながら、最初の一口を食べ、

「なんでだろうな」

「それは誰にもやましいところがあるからじゃないですか」

「そういうことだな」

凶四郎も納得である。その幽霊が本物か錯覚は別として、やましいところがあるから、人は幽霊を見るのだろう。あるいは、見てしまうのだろう。

「土久呂さまは、亡くなったご新造《しんぞ》さまの霊は？」

よし乃にはもちろん、妻を殺害された、凶四郎の悲痛な過去のことは話してある。それがもとで、凶四郎は眠れなくなったのだ。

「そういえば、あいつの幽霊は見たことがないな」

「それは、やましいところがないからですよ」

「そうかもしれねえ」

亡妻阿久里《あぐり》の下手人は見つけ出し、仇も討っている。生きていたころは、仲良くやっていたし、いま、こうしてよし乃といい仲になっていることを、妬《や》くような女でもなかった。

「でも、幽霊を見ることは？」

「それらしきものは何度も見たわな」

「それはなにかやましいから？」

よし乃の顔が、本気になった。目は、凶四郎の首のあたりを見ている。そこにはまだ、赤黒い痣が残っている。

凶四郎は湯豆腐を食い、茶碗酒を空《あ》けた。

「おれみたいなやつが、のうのうと生きていることが、やましいのかもしれねえな」

「本気？」

「本気かどうかわからねえが、ときどきふっとそう思うんだ」

「疲れてない？」

「どうかな」

「夜の仕事は、昼の仕事より疲れるのですよ」

「そうかもしれねえな」

「もう一本つけますか？」

「いや、これでやめとくよ」

「鍋は昆布のだしが出てるから、それにうどんを入れましょう」

「いいねえ」

細めの乾麺はすぐに茹で上がり、ネギとかつぶしのタレにつけて、二人でふうふう言いながらすすった。外は風の音が強くなってきている。

「ねえ、今日は泊まっていきなさいよ」

子どもに言うような口調で、よし乃は言った。

「そうするか。なんだか眠くなってきちまった」

まだ子《ね》の刻《こく》（午前零時）にもなっていない。こんな刻限に寝床に就くなんて、眠れなくなって初めてのことではないか。

五

この少し前である――。
しめと雨傘屋は、ぽん助の師匠だという幇間の金原亭きん助を訪ねて、深川の検番に来ていた。

しめが十手を見せて、きん助の所在を訊くと、

「ああ、きん助さんは、いま、〈平清《ひらせい》〉のお座敷に行ってて、しばらくもどりませんぜ」

と、検番の若い衆は言った。

平清は、深川八幡《ふかがわはちまん》の前にある、ここも江戸屈指の料亭である。宴の途中に乗り込んで、外に引っ張り出すほどの用事ではない。

「もどって来るなら、ここらで待つしかないね」

「そうしましょう」

と、土間にあった縁台を借り、目の前の堀の前に置いて、そこに腰をかけた。

夕涼みの時期ではない。というより、川風が冷たい。

「親分、ここは待つには寒過ぎるでしょう」

雨傘屋が愚痴った。

「なに言ってんだい。下っ引きなんざ、吹きっさらしのなかで見張りをつづけるのが基本なんだよ」

「そりゃ、まあ、そうでしょうが」

「ほら、あたしの襟巻《えりまき》を一つ貸してやるよ」

しめは、こういうこともあろうと、外に出るときはしこたま厚着をするのが常である。今日も、根岸の真似をして、熊の革の袖なし羽織を着ているし、襟巻も二枚巻いてきていた。雨傘屋に渡したのは、その一枚である。

「ありがとうございます。では、あっしも、隠し技を」

「隠し技だって？」

「ええ。こうするんで」

と、持っていた雨傘を広げた。細身の蛇の目だが、いろいろ仕掛けがあり、武器にも使えるようにしてあるらしいが、しめはそれを使うのを、まだ見たことはない。

「ほら、風除《よ》けになるでしょ」

「……」

雨除けにはなるかもしれないが、風は下からも吹き上がってくるので、たいした効果はない。が、しめもそこまでケチをつける気はない。

しばらくそうしていると、

「あら、しめさんじゃないの」

前を通りかかった芸者が足を止めた。

「力丸姐《りきまるねえ》さん」

深川きっての売れっ子芸者だが、根岸の想い人でもある。今日は、真っ赤なもみじを散らした着物で、晩秋に咲き残った艶やかな花を思わせ、ふっと暖かさまで感じてしまう。

「雨傘屋さんもいっしょに」

「ええ、まあ」

雨傘屋は照れて頭を掻いた。

「張り込みにしては、目立ち過ぎよね。雨も降ってないのに傘差してちゃ」

「ですよね。ほら、傘なんか閉じちまいな」

と、しめは雨傘屋を叱り、

「じつは、お奉行さまに言われて、たいこもちの超弦亭ぽん助って人を調べているんですよ」

「あら、ぽん助さんなら、あたしも知ってるわよ。え？　なにか、やったの？」

力丸は意外そうに訊いた。

「いいえ、ぽん助がなにかしたというより、ぽん助と遊んだ客が、何人も不慮の事故で亡くなっているんですよ。そのことにお奉行さまが興味を持たれたみたいで」

「そうなの」

「力丸姐さんは、お座敷でもぽん助といっしょになったりしたんですか？」

「ええ、何度かはね」

「どういう芸をするんですか？」

「幇間の人がよくやるのは、だいたいやってたわよ。ほら、小さな障子に映る影を使って、出たり入ったりするやつ」

「はあ」

しめはわからないが、雨傘屋は知っていたらしく、

「はいはい」

と、うなずいた。

「芸も上手だったけど、ぽん助さんは、聞き上手なのよ」

「聞き上手？」

「客が愚痴りたかったこととかを上手に訊き出して、親身になってやり、そこを上手に慰めてやると、向こうの胸の鬱憤《うっぷん》が晴れるみたいなの」

「へえ」

「そういうので人気があったんでしょうね」

「そりゃあ、人気も出るでしょうね」

「加えて、褒め上手なのね」

「だったら無敵じゃないですか」

「贔屓にしている旦那も多かったみたいよ」

「土久呂さまが聞き込んだ話では、過去に身を持ち崩したりもしていないし、真面目に芸を学んだそうです」

「そうみたいね」

「では、なぜ、幇間になったんでしょうね？」

「ああ、そこまではわからないわね」

「しかも、せっかく深川の検番にいたのが野だいこになってしまうなんて」

「それは、野だいこのほうが、浅草でも日本橋でも、自由気ままに動けるからじゃないのかしら」

「なるほど」

「あたしだって、ときどき、日本橋のお座敷に出てみたいとか思うわよ」

「力丸姐さんでも」

「だって、そのほうがひいさまも来やすいでしょ」

そう言って、力丸は肩をすくめた。

「なるほど。でも、ぽん助は、聞き上手に褒め上手だったら、女にもてますよね」

「あら、そうよね」

「女の噂は？」

「深川にいるときは聞いたことなかったわね」

「そうなんですか」

「そういえば、あまりにもなさ過ぎたかもね」

と、首をかしげ、

「あら、いけない。お座敷に遅れちゃう」

話が途切れるのを詫びるように、力丸は手を合わせた。

「ええ、どうぞ。あたしらは、ぽん助の師匠のきん助をここで待ってますので」

「そうなの。では、ひいさまによろしく」

力丸はそう言って、永代寺《えいたいじ》門前《もんぜん》のほうに小走りに去って行った。

金原亭きん助は、それから半刻ほどして、検番にもどって来た。股引《ももひき》に尻をからげて、暑くもないのに扇子をぱちぱち言わせ、見るからに幇間といった姿である。歳のころは、五十前後といったところか。

「きん助さんかい？」

しめは、十手を見せながら近づいた。

「おや、江戸でただ一人の女親分」

「あたしのことを知ってるのかい？」

「親分を知らない江戸っ子がいたら、もぐりでげしょ」

「うまいねえ」

と、言いながらも、しめは嬉しい。

「でも、あたしがなにかお縄になるようなことをしましたですか？」

きん助はおどけた顔で、扇子で自分の頭を叩いた。

「残念だけど、してないね」

「でげしょ」

「じつは、あんたの弟子の超弦亭ぽん助のことなんだけどさ。あいつと遊んだ客が、数日後に不慮の事故で亡くなっているんだよ」

「それ、ちらっと聞きました。あたしも変な話だと思っていたんですよ」

「あんたのところにいたときは、そんなことは？」

「あるもんですか。ただ、あいつは、あたしのところにいたのはたった二年だけですからね。そのあいだに、あたしの芸はすべて身につけ、しかもあたしを超えちまいました。あたしはずいぶん低い山だったたってわけで」

と、もう一度、扇子で自分の頭を叩いた。

「聞き上手に褒め上手だってね」

しめは、力丸から聞いた話を確かめた。

「そうなんです。あれは天才幇間ですね」

「天才幇間？　自分の弟子までよいしょかい？」

「そうじゃありません。本気でそう思ってるんです」

「天才がなんで、野だいこなんかに？」

「まあ、そうなんですが、あれは野だいこのほうがいいって聞かなかったんでげすよ」

「変わってるね」

「だって、あれはあたしのところに来る前は、一所懸命医者の勉強をしていたみたいですよ。おっと、これはないしょの話だった」

「医者になるつもりだったの？」

　これには、しめも驚いた。

「詳しくは言いませんでしたが、それは当人に確かめてください。あたしから聞いたことはないしょにして」

「そうするよ。それで、住まいは知ってるかい？」

「わからないんですよ。もしかしたら、あいつは宿を転々として、住まいなんざ持ってないかもしれませんよ」

「そうなんだ」

　どうも、相当に変わった人物のようだった。

六

翌朝――。

凶四郎は珍しく早く寝たので、朝の五つ（午前八時）に起きてしまった。

頭もぼんやりしているかと思ったが、そうでもない。

「朝ごはん、できてますよ」

「師匠は？」

「あたしもいっしょにいただこうと思って」

「それは乙な朝飯だ」

「でも、お膳や食器が一人前しかないものですから」

見ると、小鉢に飯が盛ってあったり、皿に二人分の目刺しが載っていたりする。

「ますます乙だね」

と、凶四郎は微笑んで、

「新所帯揃わぬ膳も楽しけり」

「ほんと」

よし乃も微笑んでうなずいた。

少し照れながら、朝飯を食べるうち、

——そういえば、楽翁さまに聞き忘れていたことがあった……。

と、閃《ひらめ》いた。

「ごちそうさま」

「お粗末さまでした」

「悪いが、行かなきゃならないところを思い出した」

「はい」

よし乃の家を出ようとすると、

「土久呂さま、待って」

火打石を出してきて、首のあたりでカチカチと火花を出した。

「ありがとうよ」

切り火をしてもらうのも久しぶりである。

葺屋町から浮世小路は、万橋《よろずばし》と中ノ橋《なかのはし》の二つの橋を渡って行けば、すぐ近くである。

百川はまだ、仕込みが始まったばかりだった。

裏に回って、桶を洗っていた板前に、

「女将さんに会いたいんだ」

と、声をかけると、板前は、

「女将さん！」

奥へ向かって呼ぶ。すると、前掛け姿の女将が、

「あら、旦那。なにかわかりました？」

「いや、そんなに早くはわからねえ。それより、この前、お奉行がここに来ていたとき、楽翁さまもお見えだったよな」

「ああ、はい」

「ほかに誰かいっしょだったかい？」

「いいえ。あのときは、楽翁さまとお奉行さまと、お二人でお話しになっていましたが」

「二人でだって？」

これは意外だった。

座敷わらしは、定信目当てに出たのではなく、ほかの同席した者目当てに出たのが、たまたま定信が見てしまったのではないか――と、凶四郎は思ったのである。

――では、お奉行目当てに……。

どういうことか考えようとしたとき、

「ただ、楽翁さまは、そのあとに別のお部屋の集まりに顔を出されてましたが」

と、女将が言った。

「なんだ、そうだったのか。それで、その会合に集まった人たちは？」

「それはちょっと」

　女将は言い渋《しぶ》った。

「だが、それを教えてくれぬと、座敷の怪かしの件は解決できぬぞ」

「そうなので」

「もちろん、女将から聞いたとは口が裂けても言わぬ」

「わかりました。まずは、お大名の安藤長門守《あんどうながとのかみ》さま」

「お二人でか？」

「いいえ、もう一人、お旗本の飯坂重五郎《いいさかじゅうごろう》さまが」

「どういう集まりなのだ？」

「おそらく書画骨董の道楽を共にするお方たちだと思うのですが、あまり他人にはお見せしたくないみたいで、わたしどももそれはわかりません」

「ふうむ」

「よいものを持ち寄るときは、決して珍しいことではありませんし」

「なるほどな」

　所詮《しょせん》、ああいうものは、好事家がこそこそと見せ合うのが楽しみでもあるのだろう。

「わかった。では、また、なにかわかったら報せるよ」

と、凶四郎は南町奉行所に向かった。

もちろん、岡っ引きの源次は顔を出していない。今日は家で寝込んでいるのだろう。

凶四郎の仕事机に伝言があった。

「松平定信さまから、上屋敷に来るようにとのこと」

急いで、八丁堀の上屋敷に向かった。

門番に声をかけると、すぐに若侍が来て、定信の部屋へと案内された。

「お呼びでしたか」

廊下で手をついた。

「お、昼間、そなたに会うのは初めてではないか？」

「たまにはこういうこともありまして」

「そうか。じつは、昨夜、あのあともう一件、料亭に立ち寄った。そこで、例の子どもをまた見たのだ」

「百川ですか？」

「いや、あの近くの〈松江《まつえ》〉という料亭だ。厠に立つと、隣の部屋の戸が開いていて、ひょいとのぞくと、あれがいたのだ」

「また、料亭ですか？　お屋敷では見ないのですか？」

「そういえば、見るのは料亭だけだな」

「その松江でごいっしょなされた方はいらっしゃいますか？」

「うむ。旗本の飯坂重五郎と、大名の真田《さなだ》信濃《しなの》がいっしょだった」

「飯坂さまは、この前、百川でもごいっしょなさったはずですね？」

「よく知っているな」

「は」

「そうか。百川の女将に聞いたか」

「なにか、大事な打ち合わせでも？」

「というより、飯坂の持っている骨董を見せてもらうのでな」

「なるほど」

「それで、そなたに頼まれたので、今度はじっくり見定めた」

「さすがに楽翁さま」

どこかそそっかしいところはあるが、肝《きも》も据《す》わっているし、柔術の腕は、江戸でも屈指という人なのである。

「それで、絵にしてみた。これがそれじゃ」

定信は自ら描いたらしい絵を、凶四郎の前に置いた。

「ははあ」

子どもはてっきり座っているのかと思っていたが、立っているのだった。

手には、毬《まり》のようなものを持っていて、それがぼんやりと光っているらしい。

お河童頭《かっぱあたま》だが、着物の色が紺色で、男の子らしいとわかる。

「よく描けています。さすがに楽翁さまです」

お世辞ではない。冷静にここまで見て、かつ描けるものではない。

「うむ。わしもしっかり見ることができたと思う」

「そのあと、子どもは逃げましたか？」

「いや、わしはそのまま、元の部屋にもどった」

「それから、ご同席の方が席を立つようなことは？」

「うむ。ちと長くなったので、厠に立つこともあっただろうな」

「それで、飯坂さまか、真田さまに、おかしなところはありませんでしたか？」

凶四郎の問いに、定信はしばし考えて、

「そういえば、途中から飯坂のようすがおかしかったな」

「どのように？」

「沈鬱《ちんうつ》な表情になって、顔色も悪かったかな」

「この前の、百川の会合のときは、飯坂さまにそうしたところは？」

「いや、あのときは、とくに変わりはなかったと思うな」

「ははあ」

とすると、あのときは飯坂の前に出現するはずが、定信に見られてしまい、逃げてしまったのではないか。

「御前。この座敷わらしに似た子どもは、もしかしたら、御前ではなく、飯坂さまのところに出ているのやもしれませぬ」

「そういえば」

「どうなさいました？」

「この座敷わらし、目元のところが飯坂によく似ておったような気がする」

「ははあ」

ぼんやりと、正体が見えてきた。

「近々、料亭で飯坂さまとお会いすることは？」

「明日も会う。この前の安藤長門守と三人で、百川でな」

「もしかしたら、そっとお訪ねするかもしれませんが」

「わかった。そのときは、女将にでも伝えてくれ」

明日のうちに決着をつけられたらありがたい。

七

少しは早く寝られるかと思ったが、凶四郎はやっぱり明け方まで眠れなかった。

夕方近くなって同心部屋に出て行くと、

「土久呂さま。岡っ引きの源次が来てますが」

と、教えてくれた。

源次は、いつもの奉行所の前の広場に待機していた。

「大丈夫か」

「ええ。ちゃんと卵酒を飲んで、丸二日、寝かせてもらうと、すっかり風邪は抜けました」

じっさい顔色もいつもと変わらない。

「そりゃあ、よかった」

「調べは進みましたか？」

「うん。座敷わらしのほうは、なんとなく見えてきたよ」

「それで今日は？」

「見張りたい旗本がいるんだ」

飯坂重五郎の屋敷は、定信から聞いている。湯島の桜馬場《さくらばば》のすぐ近くというから、行けばわかるはずである。待っていれば、暮れ六つ過ぎには百川にやって来る。だが、屋敷からの足取りも追いかけてみたい。途中で、誰かが接近するかもしれない。

さっそく湯島に向かった。

馬場の近くで、魚屋に訊くと、

「その門のわきにクスノキの大木があるお屋敷ですよ」

とのこと。

石高《こくだか》は、二千石ほどと聞いた。大身《たいしん》といっていい。屋敷の広さは、ざっと千坪ほどの敷地だろう。ひっそり静まり返っている。

夕暮れが迫るころ、門が開いた。

なかから、長身だが、かなり細身の武士が出て来た。中間を一人だけ伴っている。すぐあとを、さりげなく追いかけた。

「大事そうになにか抱えてますね」

と、源次が言った。

「骨董だろうが、ずいぶん小さいから、茶碗などかな」

「壊れたら大変ですね」

「まるで自分の命の玉でも抱いてるという感じだよな」

凶四郎は、せせら笑うように言った。ものに執着する人間の気持ちが、いまひとつわからない。

そのときである。

桜馬場から、若い武士の乗った馬が飛び出して来た。栗毛《くりげ》の馬で、黄昏《たそがれ》の空気によく溶け込んでいた。

「どう、どうっ」

勢いがありすぎて、馬上の若い武士が手綱《たづな》を引くが止まらない。

「あっ」

飯坂は動きが鈍い。馬の前足が、持っていた箱を蹴り上げ、箱は宙を舞って、凶四郎たちの前の草むらに転がった。

中身が飛び出していた。

思わずそれを見た凶四郎だが、

「げげっ」

その気味悪さに、背中で二匹の蛇が交尾でもしているような気分になった。


凶四郎と源次は、急ぎ足で浮世小路の百川にやって来た。

女将に訊くと、松平定信はすでに部屋に入っているという。

「ちと、別の部屋に呼んでもらえねえかい。例の子どもの件で楽翁さまと話してえんだ」

「わかりました」

女将はいったん奥へ行き、もどって来て、凶四郎を案内した。源次には外で待っていてもらう。

奥の小座敷に通されると、すぐに定信がやって来た。

「どうした、土久呂？」

「御前。たぶん、飯坂さまは少し遅れますよ」

「なぜだ？」

「こちらに向かうとき、暴れ馬にぶつけられて、飯坂さまは抱えていたものを落としてしまいました。馬に乗っていた武士と揉めているか、あるいは屋敷にもどって、中身を整えているか、いずれにせよ、ちと手間がかかっているかと」

「そうであったか」

「変わったものをお集めですよね？」

と、凶四郎は言った。

「なぜ知っておる？」

「落としたとき、箱から飛び出したものを見てしまいました」

「なるほど」

「目玉ですか、あれは？」

「うむ」

「草むらの目玉と目が合ったときは、化け物より怖かったです」

大げさでなく、いままで見たもののなかでも、薄気味の悪さということでは、いちばんかもしれない。

「二十年ほど前に亡くなったのだが、花天斎《かてんさい》という義眼師《ぎがんし》がおってな。義眼をつくる名人なのだ」

「義眼なんですか」

もしかしたら、本物をどうにかしたのかもしれないと思ったのだ。それくらい、精巧な感じがした。

「あまりに見事な義眼なので、やがて、じっさい使う必要のない者まで欲しがるようになり、数は多くないが、収集する者も出てきた。飯坂重五郎は、その第一人者でな」

「はあ」

そんなものにまで第一人者がいるとは驚きである。

「その飯坂さまも、自分で使うわけでは？」

「ない。両目とも無事だ」

「そんなものを集めたりするから、おかしなものを見るのでは？」

とは言いたいが、さすがに言えない。

「一つ見せようか」

「御前もお持ちなので？」

「わしは、収集しようか、迷っているところなのさ」

そう言いながら、袂《たもと》から絹に包んだものを取り出し、開いて、なかの目玉を見せた。

「はあ」

ため息が出る。なるほど凄いものである。

が、これを集めようと思う気持ちはわからない。

「これは、じっさいに使えるわけですよね？」

「もちろんじゃ。花天斎の義眼を入れると、見えていない目までが、かすかに見えるようになるらしいぞ」

「そうなので」

信じられない話である。

「異人の青い目や、緑色の目ですらある。じっさい、長崎の出島の商館長にも頼まれ、四つほどつくったこともある」

「ははあ」

「そのうちの二つを飯坂が持っていて、いま、何人かに見せて、値を釣り上げておるのじゃ。まったく商売のうまいやつでな」

「そうでしたか」

「しかも、花天斎は晩年、耳が遠くなり、義耳の製作にも没頭した」

「耳もですか」

　啞然とするような話である。

「これも目的は、耳がよく聞こえるようにするためだったが、花天斎がつくると、そこに美というものが加わるのだ」

「耳が遠いのが治るのですか？」

「耳を大きくすると、聞こえやすくなるだろうが」

「では、大きな耳を？」

「ふつうの耳より一回り以上大きく、音を集めやすいかたちになっているのだ。飯坂はそれも集め始めているらしい」

「……」

　そんなものをつけていたら、さぞや薄気味悪いことだろう。ましてや、それを集めたがる気持ちというのは、どういうものなのか。収集家というのは、不思議な人たちである。

「御前。今宵も、例の座敷わらしもどきが出るかもしれません」

「そうか」

「出たら、わたしのほうで、できるだけ穏当に処理したいと思いますが」

「うむ。まかせる」

「ありがとうございます」

凶四郎は一瞬、根岸に相談しようかと思ったが、たぶんそんな時間はなさそうだった。

ちょうどそのとき、

「遅くなりました」

と、飯坂が息せき切って到着したようだった。

八

凶四郎は、まず源次といっしょに、子どもが消えたという場所を調べることにした。すると、仕掛けはすぐにわかった。

「源次、これだ」

「ええ。ここらは暗いから、消えたように思ってしまうでしょうね」

廊下の奥の板壁の下に、夏は風通しにでもするのだろう、下戸《したど》がつくってあった。

大人が見ると、猫くらいしか通り抜けられないように見えるが、子どもならくぐり抜けられるはずである。

外は料亭の裏のほうに通じているらしい。

「こんなところを知っているくらいだから、よほど百川に出入りしている者のしわざだわな」

「というと？」

「ま、おれは芸者あたりと睨んだがね」

「子どもは？」

「芸者の子。と同時に、飯坂さまの子」

「そうなんですか？」

と、源次は目を瞠った。

「ちと、外を見張ってくれ。おれは、ここで子どもが来るのを待ち受ける」

「わかりました」

源次を見送り、下戸のすぐ横で立ったまま待っていると、しばらくしてするすると下戸が開き、子どもの頭が出てきた。さらに、背中、そして尻から足。十歳くらいの男の子である。

凶四郎は上から衿をつかみ、

「捕まえた」

と、おどけた口調で言った。

「許してください」

男の子は泣きそうな声で懇願した。

「安心しな。叱りはしねえよ」

「でも」

「それ見せてみな」

と、男の子が持っていた毬らしきものを取り上げた。本物の毬ではない。くり抜いたようになっていて、なかには小さなろうそくが立ててある。

「これに火をつけて、隠し持ち、身体をぼーっと光らせたわけだな」

「……」

男の子はまだ、不安げな目で凶四郎を見ている。

「今日は、この遊びは終わりだ。ちっと、おじさんといっしょに外へ行こう」

裏口から、百川の外に出た。

源次が立っていて、少し離れたあたりを指差した。女が二人、立っていた。

暗がりのなかを、男の子を連れて、女二人のほうに向かうと、

「竹松《たけまつ》」

と、背の小さなほうの女が言った。歳のころは三十前後か。大柄なほうはたぶん四十半ばといったところだろう。着物や髷《まげ》、かんざしなどから、やはり二人とも芸者みたいである。

「おっかさん、捕まっちまった」

と、竹松が言った。

「心配するな。なにもしちゃいねえし、おれは飯坂さまの味方でもねえ。ただ、事情を知りたいだけでな」

凶四郎はできるだけ穏やかな調子で言った。

「町方の旦那ですか？」

大柄な女のほうが訊いた。

「まあな。百川の女将に、子どもの幽霊が出ると相談されたもんでさ」

「そうなので」

「怖がらせるだけじゃねえよな」

と、凶四郎は二人を交互に見ながら訊いた。

「……」

二人は答えない。

「なにがしかの実入りが得られなければ、こんなことしても、しょうがねえだろう。

おいらなら、そこまで考えてやるぜ」

「……」

二人は顔を見合わせ、

「子どもには聞かせたくないんですが」

と、竹松の母親が言った。

「源次。そっちで竹松と遊んでてくれねえか」

「わかりました」

源次は、竹松の肩に手を置き、大通りのほうへ向かった。

「竹松は飯坂さまの子だろ？」

「ええ」

「恨んでるんだ？」

「そりゃあ、そうですよ」

「妙な男だというのは、おいらも知ってるぜ。調べたんだ、飯坂さんのことは。目玉、集めてるんだよな」

「そうなんです。よくもあんな気味の悪いものを」

と、竹松の母は、吐き捨てるように言った。

「だが、幽霊騒ぎを起こしたのは、目玉のせいじゃねえだろう？」

「あの子が、学問をしたいと言い出しましてね。本草学《ほんぞうがく》とかいう学問で、ちゃんとした先生につきたいし、高価な書物も欲しいんだそうです」

「そりゃあ、たいしたもんだ」

「せめて、子どもの学ぶ金くらいは出してくれと言ったんですが、取りあってくれませんでした」

と、竹松の母は顔を伏せた。

竹松は、源次と、銭を放って遊んでいる。壁に近いほうが勝ちという遊びで、凶四郎もやった覚えがある。

「この人の愚痴を聞いて、あたしが入れ知恵したんですよ」

と、背の高いほうが言った。

「座敷わらしを持ち出したのも？」

「ええ。あたしは奥州《おうしゅう》の出なんで、子どものころから聞いてましたんでね。何十両もする目玉の玩具は集めても、自分の子どもが学問する金は出せないなんて、ふざけた話じゃありませんか」

「まったくだ。だが、子どもを座敷わらしにして、金が取れるのか？」

「死んだことにしてるんですよ。学問ができないことをはかなんでね」

「なるほど」

「供養《くよう》の金ですよ」

背の高いほうが、そこまで言うと、

「そろそろ、あたしが金をもらいに行くつもりでした。あの人も、すっかり怯《おび》えているようすですので、出してくれるでしょう」

「それでも出さなかったら、こう言いな。一切合切を楽翁さまに打ち明けると」

「楽翁さま……」

「それで間違いなく出すはずだ」

「そうなんですか」

「だが、あんたみたいな話はいっぱいあるんだろうな」

凶四郎がそう言うと、

「ありますよ。あたしの周囲だけでも似たような話があと二つ。芸者を舐《な》めるなと言いたいですよ」

背の高いほうが、憤然として言った。よし乃を連れて来たら、さぞやいっしょに怪気炎を上げることだろう。

「そっちでもやるのかい？」

「そのつもりでしたけど……」

背の高いほうが、諦めたような顔をした。

「だったら、あまり方々の料亭ではやらねえほうがいいな」

「え？」

「とりあえず、この百川に絞っておきな。おいらが女将に、それは座敷わらしという妖怪で、それが出る家は栄えるが、無理に正体を探ろうとすると、座敷わらしも消えるし、その家も傾いてしまうと話しておくよ」

「そう言っていただいたら……」

「やりやすいだろ」

背の高いほうは、顔を輝かせ、

「町方の旦那だったら、てっきり、罪人になるかと思いましたよ」

「助けるわけにはいかねえが、見ねえふりくらいはできる。まあ、気持ちの上では応援させてもらうぜ」

凶四郎はそう言って、

「おい、源次。行くぜ」

と、声をかけると、

「兄ちゃん。行っちゃうのかい？」

竹松が残念そうに言った。

第二章　死んだ猫の絵

一

根岸肥前守が、珍しく築地の料亭にいる。

向かい合っているのは、寺社奉行の脇坂淡路守《わきさかあわじのかみ》である。

「わたしは、ここは初めてですな」

と、根岸が言った。

〈浜路《はまじ》〉という、かなり大きな造りの料亭で、なじみ客などは宿泊もできるらしい。

もちろん芸者を呼ぶこともできるし、木挽町《こびきちょう》の歌舞伎役者がお忍びで利用することもあるはずである。

「屋敷が近いので、ときおり来ているのですが、ここの寿司はうまいです。マグロは脂身がうまいというのは、ここで知りました」

脇坂が、たいそう自慢げに言った。

「ああ、生憎《あいにく》だが、それはずっと前から知っていましたぞ」

「マグロだけではありません。タイもサバもエビもびっくりするほどです」

「それは楽しみですな」

「楽翁さまにもお勧めしたのですが、あの方はこういう大ぶりの派手なところはお好きではないらしくて」

「確かに」

と、根岸はうなずいた。松平定信の別邸も、このすぐ近くだが、定信は小ぶりで瀟洒《しょうしゃ》な料亭を好む向きがある。そのくせ、浮世小路の〈百川〉などはよく利用するのだが、そういうちぐはぐなところも定信らしい。

根岸と脇坂は、歳こそずいぶん離れているが、妙に気が合っている。しかも脇坂は、『耳袋』の熱烈な愛読者でもある。

ただし、根岸は知行五百石の旗本だが、脇坂は五万石の大名である。身分はずいぶんと違う。

食べるのを見計らったように、次々と出てくる寿司は、なるほどうまい。だいたい江戸の寿司というのは、握る飯の量はおにぎり並みだが、ここのは指三本くらいで握っているのではないかと思えるくらいほんの少しで、魚のうまさを味わうための飯になっている。また、ワサビは鼻づまりの治療薬かと思うほどよく効いて、ネタによっては醤油ではなく、塩で食べることを勧められたりする。

ひとしきり食べて腹がいっぱいになったころ、

「坊主どもは、成仏できないでいるなどとぬかしちゃ、お布施をねだるのです。あれがわたしは気に入らぬのですよ」

脇坂一流の坊主批判が始まった。

「なるほど」

「だいたい、死んだからといって、別に成仏なぞしなくてもよいではないですか。われわれ、生きた人間も、日々、迷い、悩んでいるでしょう。死んだあとも、同じように悩み、苦しんでいるほうが、自然だし、それでいいと思うのです。生者も死者もいっしょに苦しもうよと」

「ふむふむ」

「だいたい、あいつらの読経で、成仏などできるわけがない。かえって道に迷いますぞ」

「あり得ますな」

「やはり、あいつらには、どかーんと冥加金《みょうがきん》（税金）をかけてやらぬと駄目でしょう」

脇坂は吠えた。

根岸は町奉行だから、寺のことは管轄外だが、評定所《ひょうじょうしょ》の会議に脇坂がそれを提案すれば、賛成するつもりである。脇坂の成仏というものの考え方には、根岸もうなずけるところがあるし、坊主たちのふるまいは、目に余るものがある。

脇坂の威勢のいい声は、別室のほうまで聞こえている。

「いいのかね。あんなことを大きな声で言ったりして。ほかにも客は大勢いるのだぞ」

と、宮尾玄四郎は言った。

「あの方は、むしろ聞かせたいのだろう」

椀田《わんだ》豪蔵《ごうぞう》は苦笑した。

宮尾と椀田はお供で来て、待機しているのだ。

ここは、帳場の裏にあって、女将の個室のようになっているらしい。今日は部屋がふさがっていて、われらは外で待つというのを、お寒うございますからと、ここへ入れてくれたのだった。

「ちょっとくらい、およろしいのでは？」

女将が二人に酒を勧めた。飯は済んでいる。

「いや、そういうわけには」

宮尾が首を横に振ると、

「女将さん。これでおいらたちがお奉行を狙った曲者《くせもの》に後れを取るようなことがあったら、飲ませた女将さんも、責任を問われるぞ」

と、椀田が言った。

「まあ、大変」

「ま、おいらたちが後れを取ることはないけどな」

「そうでしょうとも」

と、女将はうなずき、

「じつは、不思議なことがありましてね」

改まった顔になった。

「どうかしたかい？」

椀田が訊いた。

「その掛け軸なんですよ」

女将が二人の後ろを指差した。

「可愛い猫だね」

と、宮尾は言った。

三毛猫が陽だまりで、丸くなっている。

こっちまで眠くなるような、のんびりした雰囲気の絵である。

「この前までは、もっと色がはっきりしていたのですが、それがタマが亡くなったあと見たら、こんなふうに色が抜けて、なんだか生気の乏しい絵になってしまったのです」

「タマ？」

「はい。この絵は、わたしが長年、可愛がっていた猫を、絵師の狩野重斎《かのうじゆうさい》さんに描いていただいたものなのです」

「絵は急に変わったのかい？」

「急だったのか、徐々にだったのかは、わからないんです。なんせ、ここにずっとあるものなので、毎日、つぶさに見ていたわけではないんです」

「それはそうだ」

と、椀田がうなずくと、

「可愛い女房ならともかくな」

宮尾が椀田をからかった。

椀田はそれを無視して、

「狩野重斎という名は聞いたことがあるな」

「それはもう、江戸の狩野派の俊英と言われていて、お大名たちから注文が相次いでいる売れっ子ですよ。たまたま、うちはまだ売れっ子になる前からお付き合いがあったので、描いていただいたのですが、もう、いまではとてもじゃありませんが、そんなお願いはできません」

「なるほど」

「じつは根岸さまの『耳袋』を愛読させていただいてまして、これもあれにお書きになっているような怪異なのかと思いましてね」

女将の言葉に、

「違うな」

と、椀田は断言した。

「なぜ、そう思われます？」

「じつはな、一年ほど前だったか、こんなことがあった。やはり、ある商家にあった有名な絵師の掛け軸でな、キツネを描いたものだった」

椀田がそう言うと、

「ああ、あの一件か」

と、宮尾はうなずいた。

「背景などはなにも描いておらず、ただ、キツネが座って、空を見上げているのだ。

それでも、うまい絵師が描くと、空には月があり、手前にはススキの原があるみたいな、そういう雰囲気が漂っていたのさ」

「まあ」

「ところが、名人の描いたものはやがて生を宿すとよく言うよな。左甚五郎《ひだりじんごろう》の彫った上野の東照宮の竜が、夜な夜な、不忍池に水を飲みに行くというし、屏風の絵からスズメが飛んでいなくなったとか」

「はい、聞いたことがあります」

女将はうなずいた。

「それと同じように、そのキツネが、夜、掛け軸から抜け出しているというのさ。それで、夜、見たら、確かにキツネはいなくなり、真っ白な掛け軸になっていたそうだ」

「まあ」

「だが、朝になるとキツネはちゃんともどっていた」

「もどったのですか」

「それが何日かつづいたあと、なにかおかしいとなった」

「なにが起きたのです？」

「よくよく見ると、なんとキツネの向きが変わっていたのだ。右手を見ていたのが、左手を向いているではないか」

「どういうことです？」

「キツネがもどるとき、向きを間違えたのだろうな」

「なるほどねえ」

　と、女将はその解釈に納得した。

「まあ、これはさほど大きな騒ぎにはならなかったし、お奉行も『耳袋』には書いていない。ところが、ひそかにこの謎を解いていたのさ」

「怪異ではなかったのですか？」

「そう。いったん真っ白い掛け軸を置き、次に贋物の掛け軸を置いて、本物を持ち去ったのさ。怪《あや》かしのしわざとなれば、泥棒騒ぎにもならないし、絵を少し変えると、本物の筆致といくらか変わっていても、ごまかせるのではないかと思ったらしいな」

「誰がそんなことを？」

「手代のしわざだったのさ」

「では、この絵も？」

「贋物にすり替えられたのだと思うぞ」

　椀田は自信たっぷりに言った。

「でも、ここに狩野重斎の絵があることは、ほとんど知られていませんし」

「誰も知らないわけではあるまい」

「では、うちのお客さまが？」

「客だけとは限るまい」

「うちの者のしわざだと？」

「当然、そこまで考えねばなるまいな」

「なんてこと。身内の者まで疑うことになるなら……」

根岸に相談するのはやめてくれるかもしれない。

宮尾と椀田からすれば、たかだか猫の掛け軸ごときで、忙しい根岸を煩わせたくはないのだった。

二

と、そこへ——。

話が終わったらしく、根岸たちがいた部屋の戸が開き、

「おい、女将、うまかったぞ」

脇坂淡路守は、帳場をのぞくと誰もいないので、その奥までのぞきに来て、

「お、その絵は狩野重斎ではないか」

と、大きな声で言った。

「まあ、脇坂さまも重斎さんがお好きなのですか？」

女将が訊いた。

「好きだなんてものじゃないぞ。わしは、重斎の絵が欲しくてたまらなかった。だが、ふた月ほど前に、ここで重斎といっしょになってな。話をすれば、やけに気が合うではないか。そこで頼みに頼んで、屛風絵を描いてもらう約束を取りつけた。それで数日前にその屛風絵がやっとでき上ったのだ。これがまた、素晴らしい絵でな」

「まあ、屛風絵を」

「まさに桃源郷にいるみたいでな。景色もさることながら、生きものたちが素晴らしい。皆、穏やかに、くつろいでいて、疲れたときや、気分の悪いときも、その絵を見ると、じつに癒されるのさ」

「よく描いてもらえましたですね。もう何年もお待ちになっている方もいるという話も聞いていますが」

と、女将は言った。

「それは頼み方が悪いのではないのか。わしなどは、こうやって拝みまくって引き受けてもらったからな」

脇坂は、両手を擦《す》り合わせるようにして言った。

「でも、脇坂さま。この絵は、ほんとに重斎の絵でしょうか？」

女将は不安げに訊いた。

「なぜ、そのようなことを申す？」

「じつは……」

と、さっき宮尾たちに語った話を繰り返した。わきでは根岸も、興味深げに聞いていた。

「ほう、そんなことがな」

脇坂は猫の絵をじいっと見つめて、

「間違いないな。署名も落款《らっかん》も重斎のものだし、だいいち、この全体の穏やかな筆致は、誰にも真似はできぬ」

と、断言した。

「なんなら、わしのところの絵を見に来るとよい。重斎が描いているところを、わしがこの目で見ているから間違いようがないぞ。わしがいなくても、用人の誰かが応対するよう伝えておこう」

「ありがとうございます」

女将が礼を言った。

「では、やはり……」

宮尾と椀田は顔を見合わせ、

「絵から猫の生気が抜けて行ったのか」

「そんなことがあるかね」

二人は信じられない。

そのとき、部屋のなかをひゅーっと風が吹いて、掛け軸がかたかたと鳴った。

なんとなく怪しい雰囲気が漂った。

「みゃあ」

と、どこかで猫が鳴いた。

「え？」

宮尾の顔が強張った。

すると、部屋の隅の小さな小窓からいきなり三毛猫が飛び込んで来て、椀田の足元を駆け抜けた。

「うおっ」

椀田が声を上げた。

「あ、びっくりさせて、すみません。タマがいなくなったら寂しくて、新しい猫を飼ってしまったんです」

「なんだ、そうなのか」

椀田がホッとした顔をした。

「でも、この掛け軸のことは、どういうことなのか、不思議で仕方がないんです。もしかして、タマは新しく飼った猫に怒っているのかと思ったり……」

「おい、女将」

脇坂が口を挟んだ。

「なんなら、わしが謎解きをしてやろうか？」

「脇坂さまが？」

「わしならちょいちょいと解き明かしてしまうぞ」

脇坂はふざけた口調で言った。

「いいえ、寺社奉行さまに、そんな……」

「やっぱり根岸どのがよいか。あっはっは」

脇坂は磊落《らいらく》に笑った。

女将が訴えるような目で根岸を見た。

「宮尾、このところ怪かしの研究が進んでいるらしいではないか」

根岸が言った。

「いや、まあ」

宮尾はとぼけたが、わきから椀田が、

「近ごろは、なにを見ても怪かしに見えるらしいです」

「あっはっは、それは頼もしい。この件、調べてやれ」

根岸がそう言うと、

「ありがとうございます。このところ、どうにも気になって、毎晩、眠れなかったものでして」

女将が喜んで礼を言った。

「では、明日にでももう一度伺うよ」

と、宮尾は言った。

すると脇坂が、からかうように、

「宮尾。そんなに怪かしが好きなら、しばらく寺社方に出してもらえ。その手の話は、寺社方には腐るほどあるぞ」

「いやいや、ご勘弁願います」

寺社方の怪かしを調べれば、毎日、墓参りになりそうだった。

三

根岸を奉行所まで送り届けたあと、

「手伝おうか?」
と、椀田が宮尾に訊いた。
椀田の手には、寿司の入った折詰が二つ、ぶら下がっている。帰り際に、椀田と宮尾にもたせてくれたのだが、宮尾は、夜食は食べないと言うので、小力《こりき》の分まで
もらったのだ。小力は、お腹の赤ん坊の分なのか、近ごろ、やたらと食欲がある。
昨日は、「なんだかお前さまの腹の肉が食べたい」などと、恐ろしいことを言って
いた。

「無理するなよ。本心じゃないだろう」

宮尾が猫のように笑った。

「なぜ、そんなことを言う？」

「あんた、小力ちゃんの身体が心配だろうよ。つわりがひどいときに、万が一、妙
なものがとり憑《つ》いたまま、役宅には帰りたくないものな」

「じつは、そうなんだが」

と、椀田は大きな肩をすくめた。

「椀田がそこまで心配しているのを見ると、いじましいよ」

「まあ、塩をまけば大丈夫な気もするけど、おいらだけじゃなく、お腹の子どもの
ことまで思ってしまうとな」

「わかってるよ」

と、宮尾はおどけた調子で片方のこぶしを突き上げ、

「わたし一人で動くさ。なあに化け猫なんぞ怖くないぞ。たとえミヤオ、ミヤオと

名前を呼ばれてもな」

翌朝――。

宮尾が料亭浜路にやって来ると、掃除をしていた四、五人の女中たちが、なんとなくざわめくような雰囲気になった。美男の宮尾には、珍しいことではないし、当人はまったく気にしていない。

「御前からよく調べるように言われてきたよ」

「よろしくお願いします」

女将は深々と頭を下げた。

「まずは、あの掛け軸と部屋をじっくり見させてくれ」

「ええ、どうぞ」

まずは帳場に入ろうとして、宮尾はふと、

「帳場に入れるのは？」

と、訊いた。

「あたしが忙しいときは、仲居の頭をしているおきみが入ります」

「おきみさんねえ」

宮尾が疑わしそうな顔をすると、

「おきみはあたしの従妹で、あれが怪しかったら、誰も信用できなくなります。しかも、金が目当てなら、わざわざあんな奥の部屋に入らなくても、客室のほうにも有名な絵師の掛け軸はいっぱいありますよ」

「そうなの？」

「たとえば、そこの部屋」

と、女将はすぐ近くの客間に宮尾を案内し、

「その掛け軸ですが、狩野天明《てんめい》という有名な絵師の絵で、骨董屋に持ち込めば、十両はくだらないらしいです」

「へえ」

「これなんか、持ち出そうと思えば簡単に持ち出せますでしょ」

「確かに」

「こんなのは各部屋ごとに飾ってあります。でも、うちじゃ、この手のものが持ち出されたことなんか、いっぺんもないんです。それくらい、うちの人間は疑う必要がないってことでしょ」

女将はちょっと怒りをにじませて言ったが、そんなことで怒られても宮尾は困るのである。

「じゃあ、まあ、あっちの部屋に入ろうか」

帳場から、奥の部屋に入った。

なんということのない六畳間である。小ぶりの茶簞笥と、陶製の火鉢があるだけで、床の間は、あの掛け軸だけ。

宮尾は前に座り、署名と落款を凝視して、模写し、さらに特徴なども記した。これを脇坂淡路守の屋敷にある絵と照らし合わせるつもりである。

それから、部屋の隅の壁の下にある小窓の障子を開け、

「これは、風通しかい？」

「というより、猫の通り抜けのためにあけたんですよ」

「そうなんだ」

宮尾は腹這いになって、外をのぞいた。

「ここから棒を突き出し、先に引っ掛けて、前の絵を外し、それから新しい絵を掛けることもできなくはないな」

「だとしたら、ずいぶん器用な泥棒ですね」

「この外は？」

「中庭です」

「出られるんだろう？」

「中庭に出られるのは、そっちの廊下の突き当りからだけです」

出てみることにした。

かなり広い庭で、三十坪ほどはあるのではないか。池はなく、枯山水ふうに白い小石が敷き詰められている。歩くとじゃりじゃりと音がするが、飲んで唄でもうたっていたら、まず気がつかない。

二階の客部屋からも眺められるし、一階の部屋も窓から眺めるようになっているが、部屋の造りや生垣などで、客同士は互いに見えないようになっている。

「ふうむ」

宮尾は考えた。

窓には、格子が嵌《は》まり、ほかの部屋から中庭に出るのは、やはり難しいし、客に見咎められたら、逃げるのも大変である。

「なにか、わかりました？」

「そう簡単にはな」

「そうですか」

「とりあえず、あの絵の署名と落款が本物か、脇坂さまのところで確かめて来るよ」

つづいて、脇坂の屋敷に向かった。

播磨《はりま》龍野《たつの》藩《はん》の上屋敷である。

芝口橋《しばぐちばし》を出て、東海道から一本海沿いに入ったところにある。

およそ八千坪ほどか。のちに、この場所にわが国最初の鉄道の駅である新橋駅がつくられるが、それはまだだいぶあとの話。

あるじの脇坂淡路守は出かけていても、用人の誰かが応対してくれることになっていたが、ちょうど脇坂がいて、

「おう、宮尾。来たか」

と、この若い寺社奉行はきわめて人懐《ひとなつ》っこく、しかも身分も気にしない。そんなところは、根岸によく似ている。

「狩野重斎の屛風絵というのは？」

「うむ。こっちだ、こっち」

脇坂自らが、奥の部屋に案内してくれた。

「ほれ、それだよ」

「ははあ」

一目で重斎の絵とわかる。粗い線ではなく、明らかな筆致で描かれているが、ど

こか飄逸《ひょういつ》の気配がある。墨絵のように淡い色づかいだが、ところどころにきれいな色が塗られ、ふつうなら未完成に見えてもおかしくないのに、ちゃんと完成していて、しかもその色がいつまでも頭に残るように思える。

浜路の掛け軸の絵の感じとも、まったく同じである。

「そこの署名と落款もよく見るといい」

脇坂が指差したところに宮尾は顔を近づけ、先ほど模写したものと照らし合わせても、やはり同一人物のものである。

「同じですね」

「そうだろう」

「ううむ。どういうことなのか？」

宮尾は考え込んだ。

「難しい謎か？」

「ええ、まあ」

脇坂は面白そうに訊いた。

「宮尾が解けなかったら、根岸どののご登場か？」

「いや、あるじは忙しいので、なんとかわたしのところで解決したいものです」

「なるほどな」

と、脇坂はうなずき、

「ところで、昨日もちらりと言ったが、出張というかたちでも、寺社方に来てみる気持ちはないか？　根岸どのには失礼だが、給金も倍にしてやるぞ」

「そういうお話は困るのです。わたしは、根岸さまの知行地《ちぎょうち》の出ですし、親戚筋も根岸さまにお世話になっている立場でして」

「なにもわしの家来になれというのではないぞ。じつはな、宮尾のことはいろいろ調べさせてもらったのだ」

「そうなので？」

「手裏剣の名手というのも気に入った」

「名手というほどでは」

謙遜したが、自信はある。

「それに、まだ独り身で……ふっふっふ」

脇坂は妙な笑みを浮かべた。

「は？」

「なんでも、おなごの好みが変わっているとも聞いたぞ」

「変わってますかね」

「美女は好まぬというではないか」

「ああ、そのことですか」

それは、同心の栗田次郎左衛門《くりたじろうざえもん》や土久呂などが言い触らしたことで、自分では別にいわゆる美人をとくに避けているつもりはない。ただ、好きになる女が、どうも世間一般からすると、おへちゃに属するらしいのだ。

「わしはそういう変わった人間が大好きでな。そういう人間こそ当藩に必要だと思うのだが、家臣に言わせると、わしがいちばん変わっているというのさ。あっはっは」

「……」

宮尾も同感だった。

四

脇坂の屋敷を出ると、宮尾はふと思いついて、木挽町にある骨董屋の〈奈良屋《ならや》〉ものぞいてみることにした。

ここは、間口も七、八間（一二・七〜一四・五メートル）ほどある骨董屋で、堂々ときれいな商売をしているように見えるが、意外に盗品なども扱って、町方からすると、あるじの奈良屋京右衛門《きょうえもん》というのはじつに不届きな商売人なのである。

そのあるじは、いかにも清濁といっしょに暗闇まで飲み込んだような顔で帳場に

座っていたが、宮尾を見るとニタリと笑って、

「これは、これは。根岸さまのところのご家来の」

と、声をかけてきた。

「宮尾だが」

「はい。宮尾玄四郎さま。噂はいろいろと伺っておりますぞ」

「噂？」

「美しさの評価に変わったところがおありだとか」

「どういう意味だ？」

「たとえばですぞ、これとこれ。どっちが美しいとお感じになられます？」

後ろの棚から仏像を二つ、取り出して並べた。片方はすっきりとしたかたちだが、もう片方は温かみを感じるかたちになっている。

「好みで言えば、こっちだわな」

温かみのあるほうを指差した。

「ほう」

と、あるじは破顔し、

「では、こっちは？」

今度は、茶碗を二つ出してきて、

「どっちが美しいと思われます？」

どっちも似たようなものだと思えるが、片方は柿色が目立ち、もう一つは黄色が目立っている。

「そりゃあ、こっちのほうがきれいだろうが」

と、黄色のほうを指差した。

「やっぱり」

と、あるじは他人が転んだのを喜ぶみたいな笑顔を浮かべた。

「なにがやっぱりだ？」

「十人に訊けば、十人ともこっちの仏像とこっちの茶碗が美しいと言うはずです」

宮尾がえらばなかったほうを指し示した。

「こっちはいないのか？」

「百人に訊いて、やっと一人くらい、いるかいないか」

「ふん」

宮尾は鼻で笑って、

「きれいと思う気持ちは人それぞれだろうが。そんなに偏《かたよ》るというのは、正直に語っていないだけなのさ」

「そういう考えもありますか」

「そんなことより、近ごろ、狩野重斎の絵は出ていないか？」

「重斎は出てませんな。わたしのところ以外にも」

「断言できるか？」

「出たら噂になりますから」

「それほど人気があるのか？」

「もう、百万石のお大名でも二年待ちと聞きましたよ。確かに、あれは人気が出るわな」

「いま、描き終えたばかりの屛風絵を見てきたよ」

「宮尾さままでもそう思われた？」

あるじは目を丸くした。

「おい。わたしを、見る目がおかしい人間のように言うな」

「これは失礼しました。でも、その絵は根岸さまが描かせたので？」

「御前ではない。御前は順番を破るようなことはしないしな」

「そうでしょうとも」

「ちなみに、重斎の猫の絵が出たら、いくらになる？」

前の絵が盗まれていたら、ここに持ち込むことは充分考えられる。

「屛風絵ですか？」

「いや、こんな小さな掛け軸だよ」

「わたしが買い取るなら三十両」

「三十両！」

「それを七十両で売るでしょうな」

「なるほど。言っておくが、あんたが買い取ったのがわかれば、後ろに手が回ることになるからな」

宮尾が脅すと、あるじはなんとか抜け道はないものかというような顔をした。

五

脇坂と、奈良屋のあるじから妙なことを言われたら、宮尾はなんだかひびきの顔を見たくなってきた。

椀田豪蔵の姉であるひびきは、弟が小力と所帯を持つことになったので、八丁堀の役宅を出て、いまは南伝馬町《みなみでんまちょう》を横に入った松川町《まつかわちょう》の長屋で、女の子たちを相手に手習いの師匠をしている。

松川町の通りから路地をくぐると、子どもたちの笑い声がした。障子が半分ほど開いていて、なかのようすが窺える。宮尾は足を止め、話に耳を傾けた。

「それで、豪蔵さまはどうしたんですか？」

女の子が訊いた。

「それはもちろん謝ったわよ。姉さん、二度としませんから許してくださいって」

「でも、お師匠さん、凄い。あんな大きな豪蔵さまを、井戸に吊るすなんて」

女の子は、椀田を見たことがあるらしい。

「それはまだ小さいころだったからよ。しかも、ほんとには吊るしてないの。吊るす真似をしただけ。でも、あたしはいまの豪蔵にも、もし、悪いことなんかしたら、焼け火箸をおっつけてやるわ」

「焼け火箸！　お師匠さまったら」

女の子たちは、また、大笑いである。

ひびきには、両親が亡くなって、女手一つで弟の椀田豪蔵を育てた時代がある。暴れん坊だった椀田を、喧嘩腰でしつけたというから、笑い話になるようなことはいっぱいあったらしい。井戸に吊るされたという話は、椀田自身からも聞いたことがあった。

「じゃあ、今日はここまでよ。気をつけて帰るのよ」

「はーい」

稽古は終わったらしく、七、八人の女の子が、外に飛び出して来ると、宮尾のわきを駆け抜けて、路地から出て行った。

「大繁盛ですね」

宮尾は声をかけた。

「あら、宮尾さま。ふっふっふ」

ひびきは微笑んだ。蛾が羽ばたいたみたいで、宮尾はその笑みを、

——蝶々の羽ばたきよりずっときれいだ。

と、思った。

黄八丈の着物が艶やかである。

「秋に黄色い着物はいいですね」

「宮尾さまに褒められると、なんか微妙な気持ちになります」

「今日は、あちこちで似たようなことを言われるなあ」

と、頭を掻き、

「お弟子は、いまの子が全員ですか?」

「とんでもない。いまのは最後に帰る子どもたちで、全員いっしょにしたら、ここに入り切れないんですよ」

「もっと広いところに移ればいいのでは?」

「それは無理です。ここらは店賃《たなちん》が高くて、とても移るなんてことは。といって、せっかくなついてくれている子どもたちと別れて、郊外の広い家に移るのも嫌ですしね」

「そりゃそうでしょう」

「その向こうに、小さな剣術道場の空き家があって、手習いにはちょうどいいんですが、店賃は年に七両ですって。とても、とても」

「七両ねえ」

宮尾の給金ではどうにもできない。

「ところで、お暇なんですか？」

ひびきが不思議そうに訊いた。

「暇じゃありません。難しい謎を押しつけられて、頭を抱えているところですよ」

「難しい謎？」

ひびきが興味を示したので、ざっと掛け軸の謎について語った。

「まあ、不思議な話ですね。でも、似たような話はここらにもありましたよ」

「似たような話？」

「ええ」

ひびきが教えてくれた話は、解決の手がかりになりそうだった。

宮尾は、松川町を八丁堀のほうに出たところにある料亭〈よし村〉にやって来た。

ここの座敷に飾ってある河童の絵は、剣聖と言われた宮本武蔵が描いたものだぞうだが、その河童が夜な夜な抜け出すらしく、掛け軸の下が朝になると濡れていたりするというのだ。

よし村は、入口に大きな松の木が植えられ、いっぷう変わった店先になっていた。玄関に立つと、拭き掃除をしていた男が、

「まだ早いんですが」

と、詫びるように言った。

「いや、客じゃないんだ。ちと、訊きたいことがあってな」

「なんでしょう？」

「あるじか女将さんはいるかい？」

「あたしがいちおうあるじでして」

どう見ても下男のようだが、背伸びしない気性なのだろう。

「あ、そうだったかい。じつは、ここに宮本武蔵の河童の絵があると聞いたのだが」

「あ、その話はちょっと」

あるじは急に慌てたように手を振った。

「差しさわりでもあるのか？」

「いや、まあ」

「とりあえず、見せてもらいたい」

「ご勘弁を」

宮尾は、断わられたら、ますます見たくなって、

「御用の向きだぞ」

「御用？」

「わたしは、南町奉行根岸肥前守さまの家来だ」

「根岸さま！　いや、もう、たっぷり叱られまして」

「叱られた？」

「客寄せのため、つまらぬ嘘をばらまくではないと」

「御前が直接来たのか？」

「いえ。坂巻《さかまき》さまというご家来が」

「なんだ、坂巻が来たのか」

それなら去年あたりのことだろう。

「では、濡れていたのも嘘か？」

「いや、濡れていたこともあったのですが、それがすべて河童のせいかどうかは」

「宮本武蔵の絵なのだろう？」

「と、伝わってはいるのですが」

どうもそれも怪しいらしい。

「そういうことか」

宮尾はがっかりして、その絵も見ることなく、踵を返した。

六

ほかに調べることも思いつかず、根岸の書いた『耳袋』でも読み返してみるかと、奉行所の裏の根岸の私邸のほうにもどって来ると、遅い昼食を食べていた根岸と会ってしまい、

「どうだ、宮尾？」

と、訊かれてしまった。

「どうも、これはわたしには難問のようで」

正直に言うしかない。

「なぜ、そう思う？」

「脇坂さまの屋敷に伺い、本物の狩野重斎の絵も見せてもらいました。浜路の三毛猫の署名と落款を比べても、やはりあの絵は本物でしょう」

「だろうな」

と、根岸はうなずいた。そこは同感らしい。

「それで、御前はご存じでしょうが、似たような話もありますね。キツネの絵が抜

け出たあとに向きが変わっていたという話と、宮本武蔵の河童の絵がやはり抜け出すので、絵の下が濡れるという話と」

「そういえば、あったな」

「片方は贋物の絵と取り替えていて、もう片方は客寄せのための嘘っ八でした」

「そうだったな」

「ところが、今度のは、どちらも当て嵌まりません」

「だろうな」

「となると、やはり前の絵からなにかが抜け出して行ったため、あんな絵に変わってしまったとしか思えないのでは？」

「ということは？」

「うーん、不本意ですが、やはり怪かしのようなものかと」

「あっはっは」

と、根岸は愉快そうに笑った。

「そんなふうにお笑いになるということは、やはり怪かしのしわざではないと？」

「ないな」

「降参です」

宮尾は、かなり忸怩《じくじ》たる思いである。一人で動くと、ろくな働きはできないのかと。

「ちと、早過ぎるが、まあいいか。わしが思うに、あれはおそらく狩野重斎のしわざなのさ」

「ええっ？」

そんなことは考えもしなかった。

「あまり、大げさなことになってもまずいので、わしが直接、女将に話をしよう。だが、まだ用事が残っている。宮尾、先に浜路に行き、わしが行くことと、重斎自身がしたことだと告げておいてくれ」

宮尾は首をかしげながら、浜路に向かった。


根岸は用事がなかなか片付かなかったらしく、浜路に来たときは、夜の五つ（午後八時）になっていた。護衛として、椀田と中間二人を伴っている。

「根岸さま。あいにく客室がふさがっておりまして」

女将が申し訳なさそうに言った。

「あの、掛け軸の部屋でよいではないか」

「では、どうぞ」

中間二人は外で待ち、椀田だけが宮尾とともになかへ入った。

「根岸さま。お食事は？」

「済ませたよ。それに今日は、謎を解きに来ただけだ」

根岸は忙しいのである。

「先ほど、宮尾さまから伺いましたが、根岸さま、それは……」

と、女将は言いにくそうにした。

「どうした、違うというのか？」

「それはあり得ないと思うんですよ。なぜなら、取り換えると言ったって、重斎さんは、このところ、うちにはまったく来ていないんですよ」

「ほう。いつから来ていない？」

「少なくとも、タマが死んでからは、一度も来ていないはずです」

重斎の顔は皆、知っているし、見咎められずに入れるわけがない。

しかも、帳場の奥である。

「ほう。面白いな」

根岸はにんまりとし、

「タマが死んだのはいつだ？」

「ふた月ほど前です」

「重斎はそのことも知らないのか」

「ああ、最後に来たときは、タマが弱ってきて、歳もう十八になるから寿命が近づいたと話したことはありました」

「なるほどのう」

と、うなずき、ちょっとだけなにか考えたようだったが、すぐに、

「くっくっく……」

と、笑い始めた。

「どうなさいました、お奉行さま？」

女将の問いに、根岸はついに耐え切れなくなったらしく、

「あっはっは」

と、呵々大笑した。

宮尾と椀田も顔を見合わせ、唖然としている。

「そんなに面白いことでも？」

「うむ。どうしてわしと気の合う人というのは、面白いことをするのかのう」

「なんのことでしょう？」

「まあ、これは、わしから名を出すわけにはいかないので、察してくれ」

「ええ」

女将は神妙な顔でうなずいた。

「狩野重斎は、大名でも順番待ちをするほどの売れっ子だわな」

根岸はそう言って、掛け軸の絵を見た。

「なんでも、百万石のお大名でさえ、二年待ちだという噂もあるみたいです」

と、宮尾がわきから言った。

「ところが、とあるお人は、意外にも最近、重斎に屏風絵を描いてもらった。だいぶ前から頼んでいたというわけでもなさそうなのにな」

「屏風絵……」

宮尾がまさかという顔をした。

「その方は、この料亭にも始終、来ておるみたいだわな」

「あ」

女将も、その方が誰か、わかったらしい。

「わしは、今回はそのお方がからんでいると睨んだのさ」

「そういえば……」

と、女将がなにか思い出したらしい。

「なにかあったか?」

「この前、お勘定をしているとき、脇……いえ、ある方が、ここが女将の部屋かなどと言って、なかに入ったことがありました。あたしは、そろばんをはじくので忙しく、気にもしていませんでしたが」

「絵を取り替えたのは、そのときだろうが」

「まあ」

女将はしばらく唖然となっていたが、

「でも、なぜ？」

「それを、明らかにしようではないか」

と、根岸はうなずき、

「狩野重斎の家は遠いのか？」

「いいえ。木挽町にお住まいなんですよ」

「それは好都合だ。直接、訊くのがいちばん早い。わしの名を出してかまわぬ。呼んで来てもらおう」

料亭の若い衆が飛び出して行った。

七

さほど待つこともなく、狩野重斎がやって来た。

南町奉行からの呼び出しと聞いたらしく、緊張した顔で、

「根岸さま。ご高名はかねがね」

と、挨拶した。

売れるまでずいぶん苦労したというが、それでもまだ四十ちょっとくらいで、しかも宮仕えではない人間独特の、奔放な若々しさを感じさせる。

「あいにくだが、絵の依頼ではないのだ」

と、根岸は言った。

「なにか、お咎めの筋でも？」

「それも違うな。教えてもらいたいことがあってな」

「なんなりと」

「それのことだ」

三毛猫の絵の掛け軸を指差した。

「ああ」

重斎は困った顔になった。

「むろん、あんたが掛け替えたのではない。わしがやろうという御仁がいたはずだ。売れっ子のあんたに、屏風絵を描いてもらうのと引き換えにな」

「……」

「あんたとあの御仁は、気が合うというのもわかる。この料亭で雑談でもしているうちに、そんな相談がまとまったのだろう」

「……」

「だが、なぜ、そんなことをしたか？　これはわしの推察だ。あんたは、前の絵が気に入らなかった。ずっと、できれば描き直したいとも思っていた。だが、それは言い出しにくかった。そんなとき、タマが弱ってきていることを聞いて、これは絶好の機会だと思った。ここまではどうじゃ？」

根岸は重斎に訊いた。

「さすがに、根岸さま」

「当たったか？」

「そのとおりでございます」

と、重斎が言うと、

「まあ、そういうわけだったんですか」

女将が目を丸くした。

「それで、あんたは、こんな騒ぎが起きることも、予想していたのかな？」

根岸はさらに重斎に訊いた。

「絵が変われば、変だと思い、たぶん魂が抜けていったというように思うかもしれないとは予想しました。だが、怖がらせようなどとはまったく思っていませんでしたし、女将のことだから、変な騒ぎにもならないだろうと」

「あたしも怖いとは思わなかったんですよ。ただ、生気が抜けたのが不思議でしょうがなかったので」

女将がそう言うと、

「女将は生気が抜けたというが、こっちの絵こそ、猫をよく表しているのだと、わたしは思うのです。前の絵は、逆に生気があり過ぎました。あれは、スズメでも狙っているときの猫です。食うことに汲々としていました」

重斎は、いまの絵を満足げに眺めながら言った。

「そう言われれば、確かに」

女将はうなずいた。

前の絵を知らない根岸たちは、想像するしかない。

「猫の魅力はやはり、こっちでしょう」

重斎がそう言うと、どこかで「みゃあお」と猫が鳴いた。

「だが、前の絵は気に入らなかったと女将に打ち明けて、描き直すという手段はなかったのかな？」

根岸がさらに訊いた。

「そこは迷ったのですが、もしもそれが知れ渡ると、狩野重斎は、気に入らぬ絵も売るのかと思われるかもしれない。それは心外ですので」

重斎は顔をしかめて言った。

「なるほどな」

根岸がうなずき、宮尾も納得した。それが絵師の矜持《きょうじ》だし、絵師ならではの偏屈ぶりでもあるのだろう。

「であれば狩野さま。わざわざ描いていただいたのですから、画料をお支払いしなければなりません」

女将が申し出た。

「それはけっこうです。お代は前にいただいておりますので。そのかわり、あの絵は処分させてもらいましたから」

このやりとりに、宮尾は内心、

――なんと勿体ないことを。

と、悔しい思いを嚙みしめていた。あれを骨董屋の奈良屋に持ち込めば、三十両になったのである。三十両があれば、ひびきのためにもっと広くて使い勝手のいい家を借りてやれるはずだった。

八

やはり夜の五つ過ぎ――。

しめと雨傘屋は、鎌倉河岸にある料亭〈川上屋《かわかみや》〉が見えるところに来ていた。ここは、ウナギがうまいというので、近辺の旦那衆に人気が出ている料亭である。

ここに、野だいこの超弦亭ぽん助が出没するという話を聞き込んだのである。そこでさっそく来てみると、なんといま、このなかにいるというではないか。

「ここは、この前、通りかかったとき、朝帰りの若旦那みたいな男を見かけたところじゃないか」

と、しめは言った。

「そうでした。もしかしたら、あのときもぽん助はいたのかもしれませんね」

「そうだよ。まったく金を探すなら、まず、足元を見ろってね」

「そんなことわざ、ありましたっけ？」

「あたしがいま、つくったんだよ」

「……」

夜になって風が出てきている。月は雲に隠れてまったく見えないが、ここらは店や人家の明かりで、真っ暗ではない。

「踏み込んだりはしませんよね？」

雨傘屋は寒くて震えながら訊いた。

「踏み込んだって、あたしらに熱い飲みものなんか出しちゃくれないよ」

「それはそうですが」

「遊んでいる相手といっしょに出てきたぽん助の後をつけて、相手をお濠に突き落とすところでも目撃できたら、この事件はそれでおしまいだろ。もちろん、あたしらの手柄だよ」

「確かに」

雨傘屋は、震えながらうなずいた。

さらに半刻ほどして、

「若旦那。今夜も、すっかりごちになっちまって」

という声とともに、男が二人、外に出て来た。

片方は懐手《ふところで》、もう片方は腰をかがめて揉み手をしている。当然、揉み手のほうがぽん助だろう。

「ウナギなんかごちそうなんて言えるかい。今度、生け簀《いけす》ごと焼いて食わせてやるよ。また、お前と遊ぶ機会があればな」

「そいつは、どうも」

二人はいっしょに歩き、竜閑橋《りゅうかんばし》の上まで来て、

「そうだ、おめえに小遣いをやるのを忘れるところだ」

「小遣いまでいただけるんで。ありがてえなあ、どうも」

若旦那は巾着《きんちゃく》から無造作に銭を摑み、ぽん助に与えた。

「へっへっへ。こんなにいただけちゃうなんて」

「おめえには勉強させてもらったからだよ。じゃあ、達者でな」

「お気をつけて」

若旦那は、そのままお濠沿いに歩いて行く。足取りはさほど乱れていない。

ぽん助は若旦那の後ろ姿を拝み、柏手まで打つと、竜閑川沿いの本銀町《ほんしろがねちょう》の通りを歩き出した。すでに腰は伸び、かなり速い足取りである。

「声をかけますか、親分？」

雨傘屋が訊いた。

「いや、後をつけるよ。まずは、あいつの居場所を突き止めるんだ」

「わかりました」

ぽん助から十間ほど離れて追いかけた。

小伝馬町の牢屋敷のわきを足早に通り抜け、川が右に折れたところでぽん助も右に曲がり、土橋を渡ると、馬喰町《ばくろちょう》の町並み。そのなかの旅人宿に、すっと入った。

「あ、野郎、そこへ」

「やっぱり宿を住まいにしていたんだね。なかなか捕まらないわけだよ」

「どうしましょう？」

「もう、声をかけ、こっちの顔を覚えさせておいてもいいね」

しめはそう言って、宿へ乗り込んだ。


「これはこれは、町方の親分さん。しかも、おなごの十手持ちとは、噂には聞いてましたが、たいしたもんですな。誰もやれないことを成し遂げた。その苦労は並みのものではなかったでしょうな。親分、敬意を表して、肩もみでも」

超弦亭ぽん助は、両手で揉むしぐさをしながら言った。

「いいよ、そんなことは」

と言いながらも、しめはまんざらでもない。「誰もやれないこと」「苦労は並みのものではない」と、そのあたりは、言ってもらいたくても、なかなか他人は言ってくれないのだ。さすがにこの幇間は、ちゃんとツボを押さえている。

美男とは言い難いが、決して憎まれない、愛嬌溢《あふ》れる顔立ちである。

酒焼けした赤い肌は、艶があり、肝ノ臓が痛んでいるようには見えない。野だいこのくせに売れっ子らしく、着ている紋付の羽織もかなり上等なものである。

「それで、今宵はなんの捕《と》り物で？」

「捕り物じゃない。悪いが、あんたの後をつけさせてもらったんだよ」

「あたしの後を？　なんか落としましたか？」

「しらばくれるんじゃないよ。噂は耳に入ってないのかい？」

「もしかして？」

「ああ」

「あたしと遊ぶと死んでしまうって？」

「そうなんだろう？」

「あたしは死神みたいだ。死神幇間だって？」

「わかってんじゃないか」

「ひどい噂ですよ」

　ぽん助は、大げさなくらいに顔をしかめた。

「ただの噂なら、ひどい話だよな」

「本当のわけがないでしょうよ、親分。たまたま、あたしと遊んで、別れたあとに不慮の事故で亡くなった。単なる偶然に決まってるじゃないですか」

「偶然が、三回も四回もつづくかい」

　噂になっているのは三人だが、もう一人、それらしい一件があるという話もある。

「偶然じゃなかったら、あっしが死神？　そりゃあ、貧乏神くらいは背負っているかもしれませんが、死神は背負っちゃいませんよ。現に、あたしはこんなにぴんぴんしてるじゃありませんか」

ぽん助は、両手を上げて、踊る恰好をしてみせた。

「死神でなかったら、あんたが直接、殺してるのかい?」

しめは、顔を近づけて訊いた。あのお奉行さまが調べろとおっしゃったのは、そういう疑いがあるからではないのか。

「勘弁してくださいよ。あたしはいつも、その報せを何日か経って料亭で聞き、びっくり仰天してるんですから」

「とにかく、町方では、ちゃんとあんたに目をつけてるからね。死神だろうが、なんだろうが、こっちには南町奉行根岸肥前守さまがついてるよ!」

「根岸さま! またの名を赤鬼奉行! あるいは、町の噂をなんでも知っている大耳奉行! お書きになっている『耳袋』は、あたしも二巻までは読ませていただきましたよ。面白いの、なんのって。ありゃあ、いま『徒然草』、あるいはいま『今昔物語』。後の世まで残る名作でしょうな!」

ぺらぺらと、よく回る口である。

「わかった。根岸さまにも伝えておくよ」

「ありがとうござい」

しめと雨傘屋は、毒気に当てられたようになって退散した。

九

馬喰町から来た道を通って、白壁町《しらかべちょう》の家に帰るため、しめと雨傘屋がふたたび鎌倉河岸まで来たときである。

横道の向こうで、いくつもの提灯が揺れ動き、何人かの声もする。祭りの相談にはない、緊迫感が窺える。

「なんだい、あの騒ぎは？」

「行ってみましょう」

鎌倉河岸から半町（約五四・五メートル）ほど入ったあたりである。

「どうしたい？」

しめは十手を見せながら訊いた。

「これはしめ親分」

近くの番屋の番太郎らしき男が言った。ここらは、義理の倅《せがれ》の辰五郎《たつごろう》の縄張りだし、しめを知っている番屋の人間も多い。

男が倒れていた。

「行倒《ゆきだお》れかい？」

この季節になると、だんだん増えてくるのだ。

「そうじゃないみたいです」

　番太郎が、提灯を近づけた。

「え？」

　しめは目を瞠った。倒れているのは、町人の男である。首が折れているのが一目でわかった。横向きでも上向きでもない、不自然な曲がり方である。

「雨傘屋。顔をよく見ておくれ」

　しめは、直視する仕事を雨傘屋に押しつけた。

「あれ、この男は……」

　雨傘屋は唸るように言った。

「どうしたい？」

「さっき、そこでぽん助と別れた若旦那では？」

「そうだろう。あたしも着物の柄から、そうじゃないかと思ったんだよ」

　しめはうなずき、

「喧嘩かね。喧嘩の声は聞いたかい？」

　と、番太郎に訊いた。神田界隈には、喧嘩のとき、「首ねっこを引き抜くぜ」と脅す男たちは多いのだ。

「いいえ。そんな声は聞いてませんよ。ただ、ドサッという音は聞きました」

「ドサッという音？」

「あそこから落ちたんだと思いますぜ」

番太郎は上を指差した。

すぐわきに火の見櫓があった。

黒々と、仁王さまのように足を踏ん張り、夜空にそびえ立っている。

「高いね」

「ここらは二階建ての商家が多いので、これくらい高くしねえと、遠くまで眺められねえんですよ」

と、そこへ——。

「なんだ、どうした？」

土久呂凶四郎と、岡っ引きの源次が駆けつけて来た。

「土久呂さま」

「おう、しめさん。殺しか？」

「まだ、わかりませんが、この上から落ちたみたいです」

「この上から？」

凶四郎は火の見櫓を見上げ、

「ふうむ。落とされたってこともあるわな」

と、言った。

「誰か逃げて行くのは見なかったかい？」

しめが番太郎に訊いた。

「いやあ、すぐに駆けつけたわけではなかったので」

「じゃあ、まだ、いるかもしれねえぜ」

凶四郎が言った。

「上がってみます」

源次が梯子に飛びついた。

「雨傘屋。あんたも行きな」

しめが尻を叩いた。

源次は火消しさながらの速さで、駆け上った。雨傘屋もどうにか上の見晴らし台まで登り切って、

「ひぇえ」

おもわず声が洩れた。

かなりの高さである。昼間だったら、頭がくらくらするだろう。だが、江戸の夜の美しさを堪能《たんのう》するのにも、ここはいいところだった。

「上には誰もいませんよ」

源次が下に向かって言った。

「わかった。降りて来ていいぜ」

凶四郎が答えた。

「土久呂の旦那……」

しめが神妙な顔で言った。

「どうした？」

「じつは、超弦亭ぽん助を追いかけていたんです」

「ああ、噂の死神帮間か」

「半刻ほど前、この男とぽん助はいっしょにいたんです」

「そうなのか」

「二人は別れ、あたしらはぽん助のほうを追いかけ、馬喰町の宿屋で話を聞いたんです」

「ぽん助のな」

「それでもどって来たら、これですよ」

「ということは？」

「たとえこれが殺しだったとしても、ぽん助は下手人ではありません」

そのことを、しめと雨傘屋が証明する羽目になったのだった。

第三章　黄昏《たそがれ》に消ゆ

一

刻限は夜四つ（午後十時）くらいになっていた。

この日は夜になってから風が強くなり、空気も乾いているので、火が出たりすると燃え広がることが心配された。

暦は十一月に入っている。ここから一月までが、江戸はとにかく火事が多い。しかも、大火になりやすい。

この季節、大名は家族を郊外の下屋敷のほうに移し、大店《おおだな》では家族を柳島や入谷《いりや》あたりの別荘に避難させるほどである。下屋敷や別荘地は家が密集しておらず、よほどのことがなければ、類焼をまぬがれることができるのだ。だからこの時季、江戸ではお姫さまやお嬢さまの姿が少なくなり、高級な小間物屋が流行らなくなる。

根岸は、町火消しの棟梁たちに警戒するよう通達を出した。そのせいもあってか、お濠の向こうの町人地から、

「火の用心、さっしゃりやしょう」

という声と拍子木の音が、絶え間なく聞こえている。火事さえ出なければ、これも江戸の風情といえる。

また、奉行所の宿直の人員も急遽《きゆうきよ》、倍に増やした。夜回り同心こと土久呂凶四郎にも、今宵は死神幇間のことは忘れ、火事に気をつけるよう頼んでおいた。

そんなこんなで、根岸が奉行所の裏の私邸にもどって、遅い夕食をかんたんに済まし、黒猫の鈴を膝にのせてくすぐっていると、

「にゃあお」

根岸の顔を見上げて、もの言いたげに啼いた。目がいつもより黄色というか、黄金色が強く、光っている。

鈴は耳がいいだけでなく、勘も鋭い。来客などは、奉行所からこちらの私邸に通じる渡り廊下に差しかかったあたりで、察するみたいである。

「どうした、おたかでも来るのか？」

亡妻のたかは、ときおり駿河台の屋敷からこちらに現われるのである。その姿は、ほかの者には見えないらしく、見えているのは根岸と鈴だけだったりする。

だが、こんな風の強い日に、たかがやって来ることはあまり考えられない。たかは、雨風を嫌がるのだ。生きているころからそうだった。

それに、風が強い日というのは、根岸の経験上、なぜか怪かしの出番は少ない。霊魂みたいなものは、風が強いと、かたちを取りにくいといったことがあるのだろうか。

「さては、楽翁さまか?」

そう言ったとき、宮尾玄四郎が、

「御前。楽翁さまのご家来が」

と、訪問を告げた。

「ご家来? 当人ではなく?」

たとえ夜中でも、いきなり当人が姿を見せるのが、定信流のはずである。もちろん、風が吹こうが、雷が鳴ろうが関係ない。

「は。なにやら、緊急の御用みたいです」

「うむ。お通しせよ」

やって来たのは、吉野《よしの》疾風《はやて》という若者で、細身の身体といい、目つきの鋭さといい、いかにも遣《つか》い手といった雰囲気を漂わせている。つねに定信に同行する者の一人で、しばしば密偵のような仕事もさせられていたはずである。

「極秘のご相談なのですが」

吉野はそう言って、宮尾を見た。

下がってもらいたいという目である。

だが、宮尾は動かない。宮尾は宮尾で、根岸を守る役目があると言わんばかりである。

「かまわぬ。この者は他言はせぬ。どうぞ、お話しなされよ」

と、根岸が言った。

「はっ。じつは、あるじが忽然と消えてしまいました」

吉野は真顔である。

「忽然とな？」

そういうことは、見世物小屋のなかではときおり起きる。もちろん、相応の仕掛けがあってのことである。

「はい」

「どこで？」

「上屋敷の庭で消えました」

根岸は何度も訪ねたことがある松平家の上屋敷の庭を思い描いた。見通しのいい、黒猫が隠れてもすぐに見つけられるような庭で、たとえば紀州藩中屋敷のような、深山幽谷《しんざんゆうこく》などはない。

「どういうふうに消えたのです？」

「お客をお迎えするのに、庭の灯籠に灯を入れようと、あるじ自ら、庭に降りまして」

「この風の強い日に？」

「あの刻限はまだ、ここまで強い風は吹いてなかったのです」

「なるほど」

「それで、灯籠に灯は入ったのですが、あるじのほうが消えてしまいまして」

「そなたも見ていたのか？」

「ちょうど、廊下のところにおりまして、灯籠に近づき、火を入れようとするところまでは見ておりました」

「そこでか？」

「すうっと……」

「ふうむ」

信じがたい話で、根岸もなんとも言えない。

「そこで、急遽、上役たちが相談いたしまして、このような奇怪な事態が起きたときは、根岸さまにご相談するしかあるまいと、わたしが伺った次第です。夜分、申し訳ありませんが、根岸さまにご足労いただくわけにはいきませんでしょうか？」

吉野疾風は恐縮しながら言った。

根岸は疲れているが、しかし定信の大事とあっては、放っておくことはできない。根岸を町奉行に抜擢《ばってき》してくれた恩人であると同時に、なんのかんの言っても、この国に必要な知恵の持ち主でもある。なかんずく国防に関する知識に関しては、この人を上回る者は、学者にもいない。

「わかった。すぐに支度をしよう」

と、根岸は立ち上がり、

「そうか、黄昏に消えたか」

と、つぶやいた。

根岸は、定信の綽名《あだな》を思い出していたのである。

二

白河藩の上屋敷は、八丁堀の通称越中橋《えっちゅうばし》を渡ってすぐのところにある。町方の与力や同心の役宅は、この裏手に広がっている。これほど治安のいい大名屋敷も、そうはないかもしれない。

南町奉行所からも、遠くはない。ゆっくり歩いても、四半刻（約三十分）はかからないだろう。

　夜間のことだが、根岸は駕籠を使わず、宮尾と、たまたま用事があって駿河台の屋敷から来ていた坂巻弥三郎《さかまきやさぶろう》と、それに中間一人を伴って、足早に藩邸にやって来た。

「わざわざ恐れ入ります」

　先ほどやって来て、一足先にもどっていた吉野疾風が、玄関先で手をついて挨拶するのを押しとどめ、

「挨拶より、まずは御前が消えたところまで案内を」

　と、根岸は言った。

「では、こちらに」

　吉野は提灯を用意して、根岸と宮尾、坂巻の三人を庭に案内した。母屋のほうでは、そっとこちらを窺っている武士が数人いた。おそらく江戸家老や用人たちだろう。松平家の家老ともなれば、身分は根岸よりも上になる。わざわざ降りて来て、挨拶などすることはない。

「消えたのはこちらでして」

　池の縁《ふち》をぐるりと回る。縁にはつつじが植えられているが、あとは小石が敷き詰められていて、そう歩きにくくはない。

母屋からすると、池を挟んで、ちょうど反対側に来た。池には中之島だの東屋だのも造られてはおらず、よく見通せる。

風はあるが、空は晴れている。十一月に入ったばかりの細い月で、明かりはかすかなものだが、母屋の明かりがここまで届き、互いの顔も見えている。

「それで、御前はこの灯籠に灯を入れられたわけだ？」

根岸は、いまは灯の消えている灯籠を見ながら、吉野に訊いた。ちょっとずんぐりしたかたちの、高さ三尺（約九一センチ）もない、ごくありきたりの石灯籠である。

「はい」

「入れるところは、はっきりと見たのだな？」

「いや、それが」

と、吉野は硬い顔で根岸を見て、

「ぽっと灯は点いたのですが、そのときあるじの姿はすでに見えなくなっておりまして」

吉野は、失敗を恥じるように言った。

「だが、黄昏どきだと、むしろいまより見えにくかっただろうな」

根岸の言葉に、

「確かにそうだったかもしれません」

吉野はホッとしたようにうなずいた。

「この灯籠にな」

根岸は腰をかがめ、灯籠のなかを覗いた。半分ほどになったろうそくが入っていて、向こうから見えるほうには、紙が貼ってある。これで、灯籠の明るさは、幽玄さを増すのである。

「宮尾。合図をしたら、灯籠に灯を入れてみてくれ」

根岸はそう言って、池の反対側に回った。

「よし」

と、手を上げると、宮尾は提灯のろうそくを使って、灯籠に灯を入れた。

「どうじゃ、あのときと見え方は違うか？」

根岸は、いっしょに来ていた吉野疾風に訊いた。

「ああ、いまは顔までよく見えました。だが、あのときは、灯だけしか見えなかったような気がします」

「いま、思えばか？」

「はい」

「それとも、黄昏どきのせいか？」

いまは、周囲は真っ暗で、ろうそくの明かりが当たるところははっきりと見えている。だが、黄昏どきでは、周囲もまだぼんやりと見えているのである。

「ううっ」

吉野は迷い、

「申し訳ありません」

と、頭を下げた。

「よい。なかなか確信は持てぬわな」

「まさか、あんなことになろうとは、思ってもみませんでしたので」

「それはそうだろう。ところで、御前は、灯籠に灯を点《とも》すなどということは、しばしばなさっていたのかな？」

根岸はさらに訊いた。茶の湯の宗匠みたいなことを、はたして元老中の松平定信がするだろうか。

「灯籠の灯はともかく、お客を接待なさるときの、もてなしの工夫などは、ご自身でなさることはありました」

「そうか。それで、その前までは、なにをなさっていたのだな？」

「お城に行っておりました。御用が済み次第、駕籠に乗って、まっすぐこの屋敷にもどりました。もちろん、わたしのほかにも何人も付き添っていて、途中で駕籠から出たなどということはありません」

「なるほど」

「それで、玄関を上がったとき、用人の酒井さまが、今宵はお客さまがお見えになるとお伝えしますと、そうか、では庭の灯籠に火を入れようと」

「庭に降りたわけだ」

「はい」

「客は来たのか？」

「お見えになりました」

「それで？」

「われらは、慌てて捜しているところでしたから、異様な気配を感じ取ったのでしょう」

「いなくなったと伝えたのか？」

「それは、はっきりとはお伝えしなかったみたいですが、たぶんなにか大変なことが起きたと感じ取ったのではないでしょうか。取り込んでおられるようなので、また、機会を見て伺うことにすると。もしかしたら、急病かなにかとお思いになったのでは。まさか消えるなどということは、想像できないでしょう」

「ふうむ」

根岸は改めて周囲を見回し、

「ここから、屋敷の外へ抜け出せるものかな？」

宮尾と坂巻に訊いた。

「確かめましょう」

宮尾と坂巻は、それぞれに消えた定信の足跡を追った。

しばらくして、二人はもどって来たが、

「さすがに、ここは侵入も脱出も難しい造りになっています。塀は二間（約三・六メートル）近くあり、木の枝を伝うこともできそうもありません」

と、宮尾が言い、

「表門も裏門も、警戒が厳重ですし、わたしたちでも、ここから抜け出すことはできないでしょう」

と、坂巻が言った。

根岸はもう一度、邸内を見回した。母屋のほかにも、いくつか建物はある。

強かった風が、いつの間にかずいぶんやわらいでいる。どうやら、火事騒ぎも起きていないらしく、根岸としては定信には悪いが、ホッとしている。

「ということは、御前はまだ、このなかにいるか、あるいは本当に消えたかだな」

と、根岸が言うと、吉野疾風は、

「なんと……」

　顔を強張らせた。

「屋敷内を探したのでしょうか」

「もちろんです。が、あまり大っぴらにやるわけにもいかなかったので」

「と言うと？」

「女中などから話が外へ洩れる恐れもありますし」

「なるほど。ただ、屋敷内のとんでもないところに、隠れているか、あるいは隠されているかもしれぬ」

　むろん、隠された場合は、すでに遺体になっているかもしれないのだ。

「ううっ」

「わたしの手の者に探させたほうがよい」

　根岸は宮尾を見て、

「こういうことは、しめさんと雨傘屋にやらせたほうがいいだろう。すぐに呼びに行かせてくれ」

「わかりました」

　中間が、内神田白壁町《うちかんだしらかべちょう》のしめの家に走った。

三

根岸の命を受けてから、まだ半刻（一時間）も経っていない。しめと雨傘屋が、中間といっしょに八丁堀の松平邸に駆けつけて来た。

表門から入ったが、通されたのは台所わきの小部屋である。

宮尾玄四郎と、見たことがある松平家の若い武士が待っていた。

「お奉行さまは？」

しめは小声で訊いた。

「明日は評定所の会議もあるので、もうおもどりになった。詳しくは、わたしから話す」

と、宮尾がざっと事情を説明した。

「まあ、楽翁《らくおう》さまが」

「しめさん。楽翁さまの名は、もう出してはいけないぞ」

「はい」

「それで、こちらの吉野さんが、屋敷内を案内するが、探すのはそなたたちがやってくれ。屋敷内の女中たちには、面倒な探し物だというふうに伝えてもらっている」

「わかりました」

「わたしは、あまり覗いて回るわけにはいかないので、ここで待機している。では、すぐに始めてくれ」

すでに夜中に近い。

それを吉野という若い武士に案内されるまま、一部屋ずつ、松平定信はいないか捜して回るのである。

「これが遊びだったら、面白いでしょうね」

雨傘屋は小声で言った。

「馬鹿。かくれんぼやってんじゃないよ」

しめはたしなめたが、ニヤリと笑ったので、同感だったらしい。

定信が、通常、使っている数部屋から始めて、順に見て回る。寝室では、畳までめくった。しめは掛け軸の裏をのぞくとき、ちょっと破いてしまったが、吉野には言わず、そっと唾でくっつけるようにした。

母屋の一階はすべて確かめて、

「ほんとにいるのかね」

しめは首をかしげた。

「殺されて、どこかに隠されたってこともありますからね」

「そんな」

「でも、お奉行さまはそこまで考えて、あっしらを呼ばれたんでしょう」

「そうか」

「偉くなると、人は身内からも狙われるようになるんですよ」

「ご自分の屋敷内でかい？」

「だからこそ、警戒してないんですよ」

「そうだね」

「あっしなんか誰も狙いませんが、親分みたいに偉くなると……」

「あんた、あたしを狙ってるのかい？」

「十手、盗もうかなあなんてね」

「やっぱりねえ」

「冗談ですよ」

二階に上がった。

大名屋敷は無駄な部屋が多い。かつ、客が来るようなところは豪華な意匠が施されているが、それ以外は驚くくらい質素な造りだったりする。

二階にいたっては、あればいいというくらいで、押入れのなかの荷物もほとんどないし、障子の破れ目には継ぎが当たっていたりする。

「そういえば、楽翁さまは、お茶目なところもありましたよね」

と、雨傘屋は小声で言った。

「まさか、隠れているってかい？」

「だったらいいんですけどねえ」

と言いながら、雨傘屋が奥の押入れを開けると、

「うわっ」

悲鳴を上げた。

廊下にいた吉野がすぐに飛んで来て、

「どういたした？」

「これ」

雨傘屋が指差したのは、やたらと大きい真っ赤な置き物である。

あとから来たしめが、

「あら、まあ、達磨大師《だるまたいし》さまが、こんなところに入って修行なさってたのね」

素っ頓狂な声で言った。

「これは、楽翁さまが、藩の産業興隆のため、つくらせているもので、いまや名産品になりつつあるのだ」

と、吉野が説明した。

「これは特注の品で、売られているものは、もっと小さくできている」

「こんなに大きいものを？」

「ですよね」

「顔の元絵は、谷文晁《たにぶんちょう》という、楽翁さまが懇意《こんい》にしている絵師が書いたものなのだ。そこらの達磨といっしょにするなよ」

「はあ。どおりで立派な達磨さま」

しめは感心し、ぱちぱちと柏手まで打った。

これがいまも伝わる白河《しらかわ》だるまである。

ただ、達磨さまはいたが、定信の姿はついぞ見つからなかった。

四

翌日──。

根岸は、昼過ぎからの評定所の会議に出席した。議題はさほど面倒なものではないが、緊急を要したため、急遽、催された会議だった。

ところが、出席者が並ぶ大広間に入ると、妙な気配が漂っている。そちらこちらで、ひそひそ話がなされているのだ。

一瞬、

——わしの悪口か？

と思ったが、そうではないらしい。

「どうかしましたか？」

隣の北町奉行小田切土佐守《おだぎりとさのかみ》に訊いた。

「楽翁さまがいなくなったというのだ」

「え？」

もう伝わったのか。

だが、迂闊《うかつ》なことは言えない。

「昨夜、忽然と消えたらしい」

「どなたがそんなことを？」

「ご老中の水野さまが聞き込んだそうだ」

「水野さまが……」

老中は、定信の屋敷に密偵でも放っているのか。

会議が始まり、決を採ると、全員一致ということで、あっという間に会議は終わった。

すると、脇坂淡路守がやって来て、

「根岸どの、楽翁さまの話は聞かれましたか？」

と、訊いた。

若い脇坂を寺社奉行に抜擢したのも、定信の功績である。

「聞きました。ここではちと」

「どこぞへ参りましょうか？」

「あいにく多忙を極めておりまして」

「ここへは徒歩ですか？」

「今日は珍しく駕籠で参りました」

「では、とりあえず駕籠に乗りましょう」

「ええ」

「それで、お濠の前に二つ並べてもらいましょう。そこで、お互い駕籠に入ったまま話をすればよいではないですか」

脇坂の考えることは面白い。

お濠端に、二つの駕籠が並んだ。駕籠かきや連れの者は、離れて立っている。

「じつは、楽翁さまが消えたという話は、昨夜のうちに知りました」

「早いですな」

「松平家から使いが来まして、わたしなら捜し当てると期待したようです」

あそこまで知れ渡っているなら、脇坂には話してもいいだろうと判断した。

「見つかったのですか？」

「いいえ」

見つけていれば、宮尾から報せが来るはずだが、いまだになにも言ってきていない。

「ほんとに消えたのですか？」

「それはまだわかりませんが、おかしい話です」

「なにがでしょう？」

「わたしは、内密にということで、昨夜、呼ばれたのです」

「なるほど」

「ところが、評定所に行きますと、すでに皆さん、ご存じのようでした」

「それは水野さまがあれだけ話してしまったら、どうしようもないですわな」

「だが、松平家では口止めをしなかったのでしょうか？」

「あるいは、水野家が白河藩邸に密偵でも送り込んでいるか。だが、それとわかってしまうから、知っても黙っているでしょうな」

「そうでしょう。まるで、評定所のお歴々に知れ渡ってほしかったみたいではないですか」

「まったくですな」

と、脇坂の駕籠がしばらく静かになったが、

「じつは、わしは一昨日の夜、楽翁さまといっしょでした」

と、言った。

「どちらで？」

「芝の〈いち松〉という料亭です」

「芝とは珍しいですね」

定信はたいがい日本橋界隈の料亭で遊んでいる。

「うむ。面白い幇間を呼んでいたものでしてな」

「幇間？」

まさか、超弦亭ぽん助なのかと、根岸は緊張した。死神幇間と遊んだのか。もし、そうであったなら、松平定信は不慮の事故に遭ったということがあり得るのかもしれない。

「久助《きゅうすけ》といって、滑稽な芸を見せるのです」

と、脇坂は言った。

「あ、久助でしたか」

ホッとした。

「根岸どのはよくご存じのようですな」

「ええ。何年も前から」

岡っ引きだったとは言わない。

「御前も大喜びでした。それですっかり機嫌がよくなり、あの晩は皆、飲み過ぎで、翌日は楽翁さまもさぞや二日酔いがひどかったでしょう」

「昨日はお城に行かれたそうですぞ」

「だが、とても、あれでは仕事にはならなかったはずです」

「そうでしたか」

二日酔いが、消える理由であったのか。

あるいは、二日がかりで消えることになってしまったのか。

根岸は駕籠のなかで腕組みし、首をかしげた。

五

南町奉行所にもどると、根岸はしめを呼び、そのしめに、よいしょの久助を呼んでくれるよう頼んだ。

「久助さんはいま……」

しめが言いかけたのに、

「うむ。売れっ子の幇間だ。なので、きょうもお座敷の予定が入っているだろうから、それが終わってからでもよい。なんなら、お座敷が入っている料亭に、わしのほうから足を運ぶと伝えてくれ」

「久助さんはいま、芝の検番に入っているはずですよ」

「そうらしいな。芝にわしが赴《おもむ》いてもかまわぬさ」

しめも、よほどの用事と察したらしく、

「わかりました。なんとしても連れてきますので」

と、雨傘屋とともに芝に向かった。

久助が根岸の私邸にやって来たのは、夜四つ（午後十時）過ぎである。

「連れて来ました」

しめの後から、久助が、

「どうも、どうも」

と、腰をかがめながら入って来た。

「すみません、お奉行さま。すっかりご無沙汰いたしまして」

扇子片手に詫びる姿は、とてもこのあいだまで十手持ちだったとは思えない。陽気で、飄逸で、三味線の音が聞こえないのが不思議なほどである。

「わしも会いたかったのだがな、いまは芝の検番に属しているそうではないか」

東海道を西に向かう旅人のあいだでも、江戸のみやげの芸というので、大変な売れっ子になっているという。

「そうなんですよ。それで、日本橋や深川にはなかなか行けません」

「十手は返したのか？」

「いえ、まだ大事に持っております。根岸さまのご用命とあれば」

キッと顔つきが変わった。

「いや、そなたに悪党の相手などさせるのは勿体ない。大いに人を楽しませてくれ」

「ありがとうございます」

「じつはどうしても二つ、訊きたいことがあった」

「ええ」

「一昨日の夜、松平定信さまのお座敷に呼ばれたらしいな」

「呼ばれました」

「御前になにか変わったところはなかったか？」

「変わったところ？」

「話はしたのか？」

「いたしました。楽翁さまのお座敷には、以前にも二度ほど呼ばれてましたので、新しい芸を二つ三つお目にかけますと、たいそうお笑いになられて」

「そうか。なにか屈託のようなものは感じなかったか？」

「それはまったく。ただ……」

「ただ？」

「楽翁さまのようなお方は、屈託があっても、それを外に出したりはなさらないのではないでしょうか？　お小さいときから、そういう躾を受けてきているのかと思うことがあります」

「まったくだ。さすがに久助は、人をよく見ている」

「とんでもない。ただ、それをふまえたうえで、改めて考えましても、あの晩、楽翁さまにとくに思い悩んでおられるような気配は感じませんでした」

「そうか」

久助は、芸を磨いただけでなく、人を見る目も磨いている。この判断は間違っていないと、根岸は思った。

とすると、定信が消えたわけは、その翌日のなかにあったのだ。

「もう一つはな、超弦亭ぽん助という幇間のことを訊きたかったのさ」

根岸がそう言うと、しめが、

「ああ」

と、膝を打った。久助に訊くことは、思い浮かばなかったらしい。

「ああ、噂は聞いてます。死神幇間ですね」

「芝でも噂か？」

「口の悪い人は、殺してるんじゃないかなどと言ってます。そうなんですか？」

「いや、それはわからぬ。久助は、面識はないのか？」

「ありました」

「近ごろのことか？」

「一年ほど前でした。突然、訪ねて来て、あっしの芸を教えてくれと」

「ほう」

「犬の芸が大好きなんだと」

「犬の芸？」

根岸が知らないとわかったら、

「では、ちょいと」

と、久助は部屋の隅に行き、

「犬がうろうろしているところに象が来ましてね」

そう言いながら、可愛い犬がうろうろしていると、いきなりぺしゃっとつぶれてしまう。それが、いかにも象に踏みつぶされたように見える。

「あっはっは」

根岸は思わず噴き出した。

「また、別の犬が来まして……」

と、今度は仔犬らしい動きをするが、それもぺしゃっとつぶされてしまう。本当に目に見えない巨大なものに、踏まれたみたいだから不思議である。

「と、こういうものでして」

久助はそこで終わりにした。

「それで、教えたのか？」

根岸は訊いた。

「教えましたよ」

「やれたのか？」

あんな芸が、教えたからといってやれるものなのか、根岸にも想像がつかない。

「どうでしょう？　ただ、真剣にやろうとしていましたよ。だが、いま、それをお座敷でやっているかどうかはわかりません」

「そうか」

「大きなものに、ぺしゃっとつぶされる、その哀れさとはかなさが好きだと言ってましたけどね」

「なるほどな」

根岸はうなずいた。確かに、この芸は面白いだけでなく、なにかもっと深いものを感じさせる。

「あとは、とくに話もしませんでした。深川の検番はもうやめていたんでしょうかね。そこらもわかりません」

「なるほど」

根岸はなにか、肝心なものに触れた気がする。しかし、それはなんだったのか、摑《つか》もうとすると、わからなくなる。そうした思いはしばしば味わうものである。

最後に久助は気になることを言った。

「まあ、幇間になるようなやつは、あたしも含めて、心に闇を抱えていますからね」

六

同じころ——。

土久呂凶四郎は、火の見櫓から落ちて死んだ一件を探っている。

今日も鎌倉河岸界隈で訊き込みをつづけるうち、近くで同じように、火の見櫓から落ちて死んだということきごとを耳にしたのである。

「人殺しをする野郎ってのは、同じやり口を選ぶことが少なくないんだよな」

凶四郎は相棒の源次に言った。

「確かにそうみたいですね」

「いや、人殺しに限らねえ。同じ悪さを繰り返すやつも多い。辻斬り、通り魔、押し込み……皆、同じ悪事を繰り返す」

「なんなんでしょうね」

「それをすると、なんか気持ち良くなったりするのかもな」

「気味悪いですね」

「気味悪いんだよ、人ってえのは」

凶四郎の足が止まった。

「そこだな」

上を見上げた。神田多町《かんだたちょう》の火の見櫓。てっぺんのすぐわきに、細い月が引っかかっているように見える。

このすぐ近くには、青物市場、通称「やっちゃば」がある。

火の見櫓のすぐわきの番屋に顔を出した。

「これは、土久呂の旦那」

火鉢を抱え込むようにしていた番太郎が、慌てて立ち上がった。

「そのままでかまわねえ。ちっと訊きてえんだ」

「なんでしょう?」

「ここで、春ぐらいに人が落ちて死んだらしいな」

たぶん、北町奉行所が月番のときだったはずである。

「そうなんですよ」

「町方は調べたのか？」

「調べるといいますと？」

「殺しじゃなかったかとか」

「いやあ、あれはそういうんじゃねえでしょう。落ちたのは、この近くの悪ガキでしてね。しょっちゅう、上に登っては、鐘を叩いて、悪戯してたんですよ。そのときも、鐘を叩いてから、急いで逃げようとして、足を滑らせたんです」

「それで、町方は？」

「奉行所からは来ませんでしたが、皆川町《みながわちょう》の辰五郎《たつごろう》親分が一通り調べていきました」

「そうか」

辰五郎は、根岸の信頼が厚い岡っ引きで、しめの義理の息子でもある。

「あいつが調べたなら間違いねえだろう」

この一件については納得がいき、途中になってしまった死んだ若旦那のほうにもどることにした。

身元はわかっている。鍋町《なべちょう》の味噌問屋〈木島屋《きじまや》〉の若旦那で、名は正之助《せいのすけ》。

溺愛していた一人息子の死に、親はまだ、打ちひしがれていて、なにも言いたくないらしい。

　源次が、手代を呼びつけて、

「若旦那が親しくしていた友だちはいるか？」

　と、訊いた。

「ああ。そっちの湯屋の勇助ってのは、幼なじみですよ」

　湯屋に行って、勇助を呼んだ。湯船でも洗っていたらしく、濡れたたわしを持ったままやって来た。

「正之助のことは聞いたな？」

　凶四郎が訊いた。

「ええ。驚きました。まさか、あんな死に方をするとはねえ」

「あんな死に方と言ったが、自分で飛び降りて死んだのかもしれねえし、ひょっとすると、殺されたのかもしれねえんだぜ」

「殺されたかもしれないんですか？」

　勇助は青くなった。

「恨んでいるようなやつはいたかい？」

「いやあ、正之助は、愛想こそあまりよくなかったですが、根はいいやつでしたからね。恨みを買うなんてことは、考えられませんよ」

「じゃあ、正之助が死にたくなるような訳は、思い当たるかい？」

勇助はしばらく考えて、

「あいつは、大店の若旦那だし、いい男でした。なにも悩みなんかねえと、ちょっとした知り合いはそう思っているかもしれませんが……」

勇助は考え込んだ。

「どうした？」

「あいつには、惚れた女がいたような気がします」

「そりゃあ、いても不思議はねえ。幾つだった？」

「二十三でした」

「嫁をもらっていても不思議はねえがな」

「いや、自分でもまだ早いと言ってましたよ」

「でも、惚れた女はいたわけだ？」

「もしかしたら、他人には言えねえような相手だったんじゃないかと」

「吉原《よしわら》の花魁《おいらん》とか？」

「そういうのだったら、あっしにも話していますよ。いっしょに吉原に上がったこ
とは何度もありますし」

「吉原には近ごろも？」

「いえ、近ごろは誘っても断られていたんです。このところ、すっかり付き合いが悪くなってました」

「なんでだろうな？」

「女と遊ぶより、幇間と遊んだほうが面白いとは言ってましたがね」

「ぽん助って幇間の話は聞いたかい？」

「名前は聞いていませんでした。あっしは、そういう遊びはしたくなかったもんで」

「なるほどな」

二十三で、幇間遊びは確かに早い。

「おめえのほかに、正之助の友だちはいるかい？」

「ここらには、同い歳の子どもはそんなにいなかったんですよ。あと二人いたのは、一人はおやじの店がつぶれて、板橋のほうに引っ越して行きましたし、もう一人は流行り風邪で十四のときに死んじまったし」

「友だちはおめえだけか？」

「どうなんでしょう。幇間が友だちだったんじゃないですか？」

「ふうむ」

となると、友だちの筋はこれ以上、突っ込みようもないらしい。

そこからしばらくは内神田の夜回りをして、東の空が明るくなりかけたころ、源次とは別れた。

腹が減っている。

夢でも見ているように、葺屋町のよし乃の家に来てしまった。

「おや、土久呂さん」

よし乃は植木に水をやっていた。とはいっても、十一月の植木は、そんなにたっぷりやる必要はない。

「すまねえが、朝飯をいただきたいんですよ」

ふざけた口調で言った。

「たいしたおかずはありませんぜ」

と、よし乃も応じた。

上がって待っていると、飯が炊け、味噌汁の匂いもしてくる。これが一日の始まりだろう。だが、凶四郎には、これが一日の終わりなのだ。

膳が来た。飯と大根の味噌汁に、小エビと昆布の佃煮。これがうまいのである。

おかわりもした。

食べ終えたとき、

「ねえ、なにか悩みでも？」

と、よし乃が訊いた。

「いや。なんで？」

「首の痣だけど」

この前も訊きたかったものを我慢していたに違いない。

「ああ」

凶四郎は首を撫でた。

「それって、紐をかけた跡じゃないの？」

「自分でもわからねえんだ」

「どういうことです？」

よし乃が凶四郎を見つめた。

「死のうと思ったわけじゃねえんだ。そんなことは思ったこともねえ。酒も残っていたかな。寝ようってときに、ふっと思ったんだ。どういう気持ちなんだろうなと」

「死ぬってことがですか？」

「ああ。そしたら、梁《はり》に紐をかけて首を入れていたんだ。咄嗟に、手を入れたけど、擦れちまってね。馬鹿みたいかね？」

「いいえ。あたしも同じようなことを、何度も考えましたけど」

「師匠も？」

「千両も借金があれば、そういう気持ちにもなるんですよ」

「そうか」

その件はなんとかしてやりたいが、取っ掛かりが見つからずにいる。

「首に痣をつけることまではしませんでしたが」

「ふむ」

「気をつけてくださいね。はずみってこともありますよ」

「気をつけるさ」

凶四郎は自分に言い聞かせるように言った。

じつは、根岸にも言われていた。首くくりの真似をした次の日だった。

「土久呂、やはり暗いところばかり歩き、暗闇ばかり見ているのはよくないぞ。自分の心の闇にも突き当たったりするだろう。それを見つめ過ぎると危ないぞ」

殺された妻の一件は解決し、いまはこうして、惚れた女ともうまくいっている。

それでもまだ、自分の心のどこかに、不気味な闇は潜んでいるのだろうか。

七

昼近くなって——。

松平家の吉野疾風が、南町奉行所にやって来て、

「根岸さま。御前が見つかりました」

と、告げた。

「どこで？」

すでに、宮尾やしめたちは、上屋敷から引き上げてきている。

「築地の浴恩園《よくおんえん》におられました」

「なんと」

これには根岸も驚いた。

「まだ築地に？」

「ええ。お疲れ気味なので、二、三日はそちらで静養なさると」

「お会いしたいのだが」

「根岸さまなら、お会いになられるかと」

根岸はすぐに、浴恩園に向かった。

八丁堀の上屋敷は、およそ八千坪だが、こちらは一万七千坪と、広大である。作庭《さくてい》は定信自身が手掛けた。二つの池は、春風池、秋風池と名づけられ、複雑なかたちの築山がそれを囲んでいる。回遊式だが、一日中、限りなく歩いても退屈しないくらい、さまざまな意匠が施《ほどこ》されている。

「御前」

「おう、根岸か」

いつものように骨董を磨いている。同時に、清《しん》の書物らしきものにも目を通している。二つのことを同時にするのが、この方は好きなのである。

多少、疲れているみたいだが、さほど顔色は悪くない。

「消えたとお訊きしましたが」

根岸は単刀直入に訊いた。

「そうらしいな」

「ご自身では？」

「もちろん、わしは消えたつもりはない。が、一昨日の晩のことはよく覚えておらぬのじゃ。お城から帰る駕籠のなかでもうつらうつらしていたみたいでな。その前の晩、愉快な幇間の芸を見て、大笑いして、酒が過ぎてしまったのだ」

嘘を言っているようすはない。

「当日は、客を迎える予定だったそうですね？」

「そうなのか？」

「ご存じではなかったので？」

「どんな客だ？」

「それはわたしには」

「喜多村《きたむら》！」

と、定信は側近の若い武士を呼んだ。これも吉野同様、腕の立ちそうな若者である。

「一昨日の晩、わしは誰かと会う約束があったらしいが、そなた、聞いているか？」

「いえ、はっきりとは。ただ、京都から来ている東小路水麻呂卿《あずまこうじみずまろ》という方が、近々に御前にお会いしたがっているとは、洩れ聞きましたが」

「東小路水麻呂卿？　はて？」

定信は知らない名らしい。

だが、間違いなく、その人物がからんでいるのだろう。

八

——東小路水麻呂卿とはどういう人物なのか。

根岸は浴恩園を出ると、立ち止まって考えた。

以前、京都所司代にいたという知り合いがいるが、この夏、中風の発作を起こしてしまった。根岸も見舞いに行ったが、根岸の顔も覚えていないくらいだから、なにか訊くのも難しいだろう。

——そういえば……。

脇坂淡路守は、寺社奉行という職責のため、京都の動向にも詳しい。

しかも、領地は京都にも近い。

浴恩園からもすぐのところにある、脇坂家の上屋敷を訪ねた。

幸い、脇坂淡路守は屋敷にいて、喜んで根岸を迎えてくれた。

「東小路水麻呂卿？　ああ、知ってますよ」

と、顔をしかめ、

「ちと癖のあるお方でしてな」

「癖？」

「癖というか、政《まつりごと》が好きなのです。御所のなかでやっている分にはいいが、幕府に混ざって、なにかしたいのでしょうな。そういう気性の者はいますね」

「いますな」

「それで、勤皇《きんのう》の思いがある大名に接したがっているのです」

「それは聞き捨てにはできませぬな」

「大丈夫です。倒幕の気持ちはないでしょう」

「そうなので？」

「あっても、東小路卿一人ではどうにもなりませぬ」

「楽翁さまが勤皇の思いを？」

「いや、楽翁さま自身はさほどなくても、まだまだ隠然たる力をお持ちですからな。

江戸に来れば、なんとしても接触したいでしょう」

「なるほど」

「それに、楽翁さまは、御所にもたいそう人気がおありなのです」

「そうらしいですな」

これで、ほぼ見当がついた。

だが、確かめたいことはある。

九

根岸は、八丁堀の松平家上屋敷を訪ね、用人の酒井忠右衛門《さかいちゅうえもん》と会った。定信側近の切れ者で、根岸は昔から面識がある。心のなかでは、

——もう、関わるな。

と、止める声もある。だが、根岸には軽い怒りもある。それを解消させたい。

「築地の御前にお会いして来ました」

と、根岸は言った。

「そうですか。この一件、根岸さまにはご迷惑をおかけしました。あとでお詫びに伺おうと思っておりました」

と、酒井は頭を下げた。

「では、わたしに報《しら》せるようにおっしゃったのは？」

「ご家老です」

「酒井さんは、反対なさらなかったので？」

「いや、まあ。根岸さまであれば、真実を突き止めても、こちらの意を汲み入れていただけるだろうと」

「……」

酒井は、この一件が狂言だったと告げたのである。

酒井は静かな面《おも》持ちで座っている。

根岸には、その面持ちは憎たらしい。片棒を担がされたとまではいかないが、振り回されたのは間違いない。

「京都の公家が会いに来ていたとか？」

「そうなのです」

「東小路水麻呂卿」

「お耳に入りましたか？」

「政が好きみたいですな」

「公家には珍しく商才があるので、裕福なお人でして、江戸にもときおりお見えになられるのです」

「そのようなことができますのか？」

公家が妙な動きをすることは、幕府も警戒しているのだ。無闇に江戸に出て来ることなど、許されないはずである。

「輪王寺宮《りんのうじみや》と昵懇《じっこん》らしく、そちらから手つづきもなさっているようで」

輪王寺宮は、皇室から来ている上野寛永寺《かんえいじ》の住職である。もちろん、それくらいのことなら、どうにでもなる。

「なるほど」

「しかも、近ごろは御前をもう一度、表舞台に引っ張り出そうという動きがあり、その一派と手を結んだようなのです」

「ははあ」

そういう一派がいることは、根岸も知っているし、たびたび集まりに誘われたりもする。が、多忙を理由にとぼけてきた。

「しっかりした志がおありで、御前の知恵をもう一度、世のなかに役立てていただきたいという動きであれば、わたしも……」

「反対はせぬか」

「ええ。だが、そういう動きには思えないのです。それでも御前に直接、懇願されると」

「お気持ちが動くかもしれない」

「そうなれば、幕府の上層部もきな臭くなりますでしょう」

「なるでしょうな」

「これは、勝手な思い込みと言われるかもしれませんが、このたびの動きには関わっていただきたくないと」

「同感ですな」

軽い怒りも収まりつつある。

「ありがとうございます」

「駕籠は二つあったのですな?」

根岸は訊いた。

「ええ」

「お城から、替え玉と御前が別々に乗り、替え玉はこちらに、御前は浴恩園へ」

「はい」

「こちらで替え玉をまともに見て迎えたのは、酒井さんだけ。あとは、まさか替え玉とは思わないから、まともに御前のお顔を見たりはしない」

「そういうものなのです」

「そういえば、御前と身体つきが似ている方がおられたな」

「さすがですな」

「灯籠の灯は、細い棒でも使って点したのでしょうな」

「ご明察」

「あの方なら、逃げなくても、今度は捜す側に回ればいい」

「そういうことです」

「水野さまがずいぶん早く知ったのは？」

「東小路卿は、水野さまのところにも伺うご予定と聞いておりましたので」

「むしろ、伝えていただきたかったわけですな」

「それもご明察」

「御前のほうは、消えたなどというお気持ちはない。ただ、浴恩園にお入りになっただけ」

「よくあることですので」

「それにしても、御前を黄昏のなかに消すというのは、なんとも雅なお計らいで」

「そのほうが、御前らしいし、公家や輪王寺宮の側近などに伝わったときも、御前ならあり得ると思っていただけるのではないかと」

「なにせ綽名が……」

「黄昏の少将ですからな」

根岸は中庭を見た。

今日も、黄昏が迫りつつある。

十

その暮れなずむ庭を見て、根岸はハタと考えた。

酒井忠右衛門は、いわゆる忠臣である。定信の信頼も厚い。定信の付き合いについては、江戸家老よりも用人の酒井が仕切っていると聞いている。

それにしても、あるじに断わりなく、そこまでやるだろうか。

あるじは、自分のすることならすべて許すという絶対の自信があったのだろうか。

「御前は、酒井さんのなさることをご存じだったのでしょうか？」

と、根岸は訊いた。

「……」

酒井は答えずに俯《うつむ》いた。

「わたしは、酒井さんがそこまで先走ったことをなさったのに驚いているのですが」

「確かに勝手なふるまいですよね」

「もしや、御前も？」

「政が好きな公家が江戸に来ているということくらいはご存じだったと思います」

「やがて、こちらに訪ねて来ることも予想なさっていたかもしれません」

「でしょうな」

「ええ」

「ですが、会いたくないとは、御前も言いにくいでしょう」

「この屋敷でも？」

「当家にも、御前が再度、政の表舞台に出られることを願う者もおりますし」

「なるほど」

定信は知っていて、酒井のやることに乗ったということも充分考えられるのである。とはいえ、根岸がそれを確かめるようなことはできない。

「黄昏ですな」

と、根岸はつぶやいた。

「え？」

「人の心も黄昏のような」

「なるほど」

「それで、東小路卿は？」

「昨日、京都に向けてお帰りあそばしたそうです」

「ご当家の騒ぎについては、なにかおっしゃっていたのかな？」

「さあ。ただ、お公家さんですから……」

酒井は言葉を濁した。

「公家はどうなのです?」

「むやみに感情を表に出すようなことは控えるでしょうし」

「なるほど」

根岸は静かにうなずいた。

これは、お立場だの、ご関係だの、ご先祖だの、「お」だの、「ご」だのに囲まれて生きている人たちのあいだで起きたことなのである。

そこでは、忖度《そんたく》がものを言い、無言のうなずきが返事になる。いろんなことを、はっきりさせずにやり過ごすことが肝心なのだ。根岸が生きている、生きようとしている世界とは、別の世界のことなのである。

また少し怒りがぶり返してきたが、

「ま、とりあえず、うまくいきましたな」

と、根岸は斜めに切ったようなえぐみのある笑みを浮かべた。

ちなみに根岸の『耳袋』には、松平定信についてこんなふうに書かれてあった。

松平越中守定信は、多才の人であり、官位は少将だった。文化四年のとき、「夕

顔」という題で詠んだ歌、

心あてに見し夕顔の花散りて尋ねまどへる黄昏の宿

これを京都の、和歌の権威である冷泉家《れいぜいけ》に送ると、たいそう褒《ほ》め称《たた》えられた。冒頭の「心あてに」は、『源氏物語』夕顔の、「心あてにそれかとぞ見る白露の光そへたる夕顔の花」という歌を踏まえたらしい。

このため、都の優雅なる人たちのあいだでは、定信のことを、

「黄昏の少将」

と呼んで、称え、慕いつづけたという。

第四章　竹光の辻斬り

一

凶四郎と源次、それにしめと雨傘屋が、四人がかりで超弦亭ぽん助を見張りつづけている。かれこれもう五日ほどになる。ずいぶん大袈裟にも思えるが、しかしこれが根岸の指示なのだ。

見張るように指示されたとき、

「でも、お奉行さま。ぽん助が手を下していないことは間違いありませんよ」

と、しめは珍しく異議を唱えた。いつもなら、「さすがはお奉行さま」と感激しつつ、指示に従ったが、なにせことが起きたとき、しめと雨傘屋はぽん助といっしょにいたのだから、これは譲りようがない。

ところが根岸は、

「いや、手は下している。しかも、直接にだ」

と、断言した。

指示があったのは、朝飯のときで、その場に凶四郎としめと雨傘屋のほかに、宮尾玄四郎もいた。その四人が、

「ええっ？」

と、顔を見合わせたほどである。

「わしは、いままでのそなたたちの報告と、久助から聞いたことで、あの幇間が殺していると確信した。おそらく、このままだとまた殺される者が出る。ぽん助がいま、誰と遊んでいるのか、よく見ていてくれ」

根岸はそう言ったのだった。

ぽん助は、宿は替えていない。相変わらず馬喰町の旅人宿にいる。が、部屋は移した。

この前は奥の部屋だったのが、昨日から外に面した部屋になった。ときおり、窓にもたれて、ぼんやり外を見ていたりする。飯の出ない簡易な宿なので、朝飯と昼飯は外に食いに出ている。

宿を見張るため、凶四郎たちも、斜め向かいの宿に部屋を取った。ここは、見張るのには都合がいいが、ただ、もしかしたら向こうもこっちを見ているのかもしれ

ない。

「気づいているかねえ」

障子戸を少しだけ開けて、向こうを見ながら、しめが言った。

「気づいているでしょうね」

雨傘屋は、当然だという口調で言った。

「なんで、そう思うんだい？」

「あいつはそういうやつですよ」

「ふん」

しめは、勘を頼りにするのは十年早いよと言うように、鼻を鳴らした。

暮れ六つ（午後六時）近くなって――。

ぽん助は外に出て来た。

「土久呂さま」

しめが、部屋の隅に横になって、川柳の本を読んでいた凶四郎に声をかけると、

「よし」

勢いよく立ち上がった。

四人で後をつける。

こういうときは、目立たないしめがいちばん近くに行き、つづいて雨傘屋、源次、

ずっと遅れて凶四郎が行く。

浜町堀《はまちようぼり》に架かった土橋を渡ると、すぐに左に折れ、しばらく堀沿いに進んだ。かなりの速足である。高砂橋のたもとで右に折れると、この通りは芝居町にも近いので、料亭も多い。

賑やかな町で、しめはつい店のほうに目をやって、ぽん助を見失いそうになる。だが、ぽん助はそのまま進み、芝居小屋のある堺町から葺屋町を過ぎ、東堀留川《ひがしほりどめがわ》のところで左折した。

思案橋を横に見て、そのまま進むと足を止め、入ったのは小網町《こあみちよう》の、なかなかこぎれいなウナギ屋だった。

女中がぽん助に、

「お連れさまがお待ちですよ」

と、声をかけるのも聞こえた。

「なるほど。今日は、ウナギをごちそうになるのかい」

しめは恨めしそうにつぶやいた。

雨傘屋、源次と追いついて来て、いちばん後に来た凶四郎が、

「今日もあいつか?」

「ええ、二階にいます。先に来て待っていたみたいです」

「ずいぶんな入れ込みようだな」

この四日ほどつづけて、ぽん助と遊んでいるのは、伊勢町河岸《いせちようがし》の前にある書物問屋〈鳳凰堂《ほうおうどう》〉の若旦那一之助《いちのすけ》である。場所は毎日違うが、芸者も呼ばずに二人だけで遊んでいるのだ。

「今日も明け方まで飲むのかよ」

凶四郎はうんざりしたように言った。

「ウナギ屋でですか？」

ウナギ屋は、しばしば出合い茶屋がわりに使われる。だが、それは男女の場合で、若旦那と幇間はどうなのか。

「河岸を替えるんだろう」

それからほどなくして、二人は出て来た。

「え、河岸を替えるにしても、早いな？」

と、凶四郎も驚いた。

二人は思案橋のたもとに泊めてあった屋形船に声をかけると、それに乗り込んだ。すでに待たせてあったらしい。

「しまった」

凶四郎は顔をしかめた。

「おい、猪牙舟《ちょきぶね》はいねえか」

だが、ここらは、流しの猪牙舟はあまり入って来ない。

屋形船は、凶四郎たちが見ている下を、大川のほうへと出て行った。一之助とぽん助は、船縁《ふなべり》に立っていて、ぽん助はちらりとこっちを見た。

「走って追いかけますよ」

言うやいなや、しめは駆け出した。

「親分は足が速いからいいけども」

と、雨傘屋も文句を言いながら、しめの後を追った。

「旦那。あっしらはどうします？」

源次が訊いた。

「ちょっと、待ちな」

そう言って、凶四郎はウナギ屋に顔を出し、

「いま、鳳凰堂の若旦那が来てたよな？」

と、訊いた。

「ああ、また、もどると言ってましたよ」

女中が答えた。

「また、もどる？　どこかに行くとか言ってたのか？」

「なんでも深川あたりを回って来るだけだと」

「そうか」

しめには悪いが、ここで待つことにした。

思案橋のたもとで、凶四郎と源次が夜鳴きそばを食ったり、近くの番屋でお茶を出してもらったり、夜釣りをする隠居と世間話をしたりしながら待っていると、一刻（二時間）ほどで、屋形船はもどって来た。

若旦那とぽん助は、船を下りるとすぐにウナギ屋に入った。

まもなく、しめと雨傘屋ももどって来た。ずっと走って追いかけてきて、さすがのしめも疲れた顔をしている。

「疲れただろう？」

と、凶四郎は言った。

「ええ。また、あの船は海に出ればいいものを、深川に入って、堀をぐるっと回りましてね。それから、またもどって来たんですよ」

それは知っていたとは、さすがに凶四郎も言いにくい。

「それで、なにをしてたんだ？」

「わかりません。何度か外に出て景色を眺めたりしてましたが、あとはずっと屋形のなかにいました」

「男二人でな」

凶四郎は呆れたように言った。

「もしかして、ぽん助は、尻も貸す口なんですかね？」

雨傘屋が訊いた。

「どうなんだろうな？」

凶四郎も、そっちのほうはあまり詳しくない。

見ると、思案橋のたもとに、まだ屋形船が泊めてあったので、

「おい。さっきの二人はどういう遊びをしてたんだ？」

と、凶四郎は船頭に声をかけた。

「さあ。静かに飲んでるだけでしたけどね」

「静かに？」

だったら、幇間など呼ばなくてもよさそうである。

「まさか、二人はできてるのかね？」

凶四郎はさらに訊いた。静かにしていても、ことに及べば、船が揺れたりはするはずである。

「できてるって、これをしてたかってことですか？」

船頭は露骨に腰を動かしてみせた。

「まあな」

「それはないでしょう」

「ほんとに酒を飲んでただけか？」

「ま、世のなかには、いろんな遊び方があるんですよ」

初老の船頭は、小さく砕ける水明かりに目をやりながら、見たくないものもずいぶん見てしまったという顔をしてみせた。

凶四郎は、源次を振り返って言った。

「おい、源次。嫌な予感がするぜ」

二

ウナギ屋から二人が出て来たのは、九つ（午前零時）よりは半刻（一時間）ほど前だった。もっとも、ウナギ屋はすでに火も落としていて、最後の客になっている二人が帰るのを、おやじが退屈そうに待つばかりとなっていた。

出て来た二人は、千鳥足で歩き始める。だいぶ飲んだらしい。

十一月の風は冷たく、道沿いの木はほとんどがすっかり葉を落とし、枝先が風に揺さぶられて、借金が理由のため息のように、心細げに鳴っている。

「若旦那、駕籠は拾わないんですか？」

「駕籠なんざ拾うもんか。歩くんだよ」

「さいですか」

「もうちょっと行くと、舟には乗るけどな」

「舟に乗るんですか？」

「三途の川を渡るのに、舟に乗るだろうが」

「あっはっは、まったくくだらないなあ」

「くだらねえんだよ、この世ってとこは」

二人は笑いながら歩いている。

しめと雨傘屋が先に、凶四郎と源次があとからついて行く。

ほうぼうの木戸は閉まっているが、じっさいは見かけだけで、閂《かんぬき》は掛けたように装っているだけなのだ。木戸番だって、酔っ払いにいちいち声をかけられるのは、面倒臭くてたまらない。

「楽しそうですね」

と、源次が言った。

「まったくだな。おれたちよりもな」

凶四郎はそう言ったが、追うほうが、追われるほうより幸が薄いのは、別に珍しいことではない。

東堀留川に突き当たるところまで来て、

「じゃあ、若旦那」

「おう、達者でな」

ぽん助は馬喰町の宿へ、若旦那は伊勢町河岸の家に帰るらしい。

凶四郎たちが来るのを待っていたしめが、

「じゃあ、あたしたちはぽん助を」

「おう、じゃあな」

しめと雨傘屋は、右へ行き、凶四郎と源次は左に曲がった一之助を追った。

一之助は、夜空を見上げるようにしながら歩いて行く。

かすかに唄っている声も聞こえる。

「唄ってますよ」

源次が呆れたように言った。

だが、明るい調子の唄ではなく、やけにしみじみとした唄いっぷりである。

「おい、源次」

いつの間に現われたのか、総髪の侍が後をつけ始めていた。

「まさか？」

「いや、わからねえよ。もっと近づくぞ」

足を速めたとき、若旦那が後ろを向き、追って来た侍を見た。

そのとき、侍の身体に殺気のようなものが走った。

「待て！」

凶四郎は、声を上げながら突進した。

いっきに侍と一之助のあいだに割って入った。

「なんだ、そのほうたちは？」

「待てと言ってるのさ」

と、侍を牽制しながら、

「若旦那、逃げるんだ！」

凶四郎は言った。

「え？」

若旦那が啞然とするのを、源次が袖を摑み、侍から引き離した。

「若旦那。早く家へお帰りなさい」

源次が背中を押した。若旦那の家は、もうすぐそこである。

「あ、はい」

若旦那が駆けて行くのを見やりながら、

「あんた、辻斬りだろう？」

凶四郎は刀に手をかけた。

侍は、腰を落としながら、右へ回り込むようにする。

いい動きである。身体つきを見ても、かなりの遣い手だろう。

歳は三十前後。浪人らしいが、着物などはさほどくたびれていない。

「なにを申される？」

侍は言った。

「あの者を斬るつもりだったのだろうが」

「なにゆえに？」

「辻斬りの気持ちはよくわからねえが、まさか誰かに頼まれたのか？　だとしたら、礼金目当てだろうな」

「心外な。わしに辻斬りなどできぬ。これを見ろ」

侍は鞘ごと抜いた刀を、凶四郎の足元に放った。重みに乏しい音がした。落ちたはずみで、刀身が半分ほど出てしまった。夜の光を反射させるどころか、いかにも薄っぺらい。

なんと竹光だった。

「ほかに武器はない」

と、腰やたもとをはたいてみせ、

「これで、どうやって斬れというのか？」

侍は薄く笑った。

「……」

凶四郎も呆気に取られ、言葉が出ない。

侍は、文句があるかというように、竹光を拾い上げ、肩を怒らせて立ち去った。

「ううむ」

見送った凶四郎は、なんとなく釈然としない。

本気で殺そうと思えば、首を絞めたって殺せるし、竹光でも使いようによっては凶器になる。といって、あの場で竹光の侍を、辻斬りの下手人にするのは無理があった。

「源次、住まいを確かめてくれ。おいらは、そっちの番屋で待ってるよ」

「わかりました」

と、源次は後をつけて行った。

もどったのは、四半刻ほどしてからである。

「わかったかい？」

「ええ。紺屋町《こんやちょう》の裏長屋です。浪人で、名は田畑俊太郎《たばたしゅんたろう》というそうです」

三

翌朝――。

根岸の私邸の台所に近い広間に、土久呂凶四郎と宮尾玄四郎、それにしめと雨傘屋が座って、朝食をとり始めていた。

あるじの根岸は、昨夜、遅くまで奉行所のほうに詰めていたらしく、まだ朝食の席に着いていない。ふつうなら、「あるじの前に飯を食うとはなにごとだ」となるのだろうが、根岸家にそうした決まりはない。座った順に、女中が膳を置き、食べ始める。それはしめや雨傘屋のような、外部の者でも同じなのである。

さらに、座る席も決まっていない。あるじが、家来と岡っ引きのあいだに、平気で座っていたりするのだ。

「あら、今朝はまた……」

膳のおかずにしめは目を瞠った。

なんと、タイの刺身に、分厚い卵焼きが載っているではないか。

ふだんの根岸家の朝食は、庶民の朝食とほとんど変わらない。

「朝から、こんな贅沢していいんですか？」

「昨夜、五郎蔵《ごろぞう》さんから大ぶりのタイが二匹と、楽翁さまからは卵の差し入れがあったんですよ」

と、女中頭のお貞《さだ》が言った。

「なんだか、恐縮しちゃうんだけど」

しめがそう言うと、

「大丈夫。いちばん最初に食べたのは、お鈴だから」

指差した台所の隅では、黒猫のお鈴が、猫背になりながら、身のたっぷりついたタイの骨を味わっているところだった。

「こんな贅沢な朝飯を出されると、仕事のほうもいい報告をしなくちゃならねえんだろうが、生憎となあ……」

凶四郎はそう言って、昨夜、しめたちと別れたあとのことを語った。

「そんなことがあったんですか！」

「いちおう、その場は帰したんだが、辻斬りじゃなかったとは、やっぱり言い切れねえような気もするんだよ」

凶四郎の話に、

「確かに、首の骨を折る辻斬りだって、いないとは限らないな」

と、宮尾もうなずいた。

「でも、それが辻斬りだったとしたら、やっぱりぽん助と遊ぶと、悪い運でもついちまうんですかね」

　しめが言った。

「いや、偶然じゃなくて、ぽん助が殺し屋を雇ったかもしれねえぜ」

「土久呂さま。それはあたしも考えました。お奉行さまは直接とおっしゃったけど、誰かにやらせて、自分は遠くから見ていただけかもって。でも、ぽん助に、そんな金、ありますか？　人殺しを頼むなんて、半端な金じゃ済まないでしょう。ぽん助なんか、金持ちにせびったりねだったりして、やっと生きてるような幇間ですよ。ぽん助安宿に泊まってるのも、まとまった店賃を払えないからでしょう」

「まあ、そうだわな。じつは、おれもそれはねえだろうと思ってるよ」

　と、凶四郎はうなずき、

「それで、ぽん助のほうは、あのあとどうだった？」

「それが、ウナギをたらふく食ったはずなのに、夜鳴きそば屋を見かけたら、そこにも立ち寄ったんですよ。それで、たいしてうまそうでもないそばを、やたらと褒めまくりましてね、しかも、食べ終わると、いま、何時だい？　とか訊くんですよ。九つで、とおやじが答えたら、十、十一、十二って。十六文のうち、何文かごまかそうとしたんです。もちろん、そんなのはばれましたけどね。まったく、ふざけたやつですよ」

「そうだったのか」

そんな話をしているところに、

「今日は寝過ごしてしまったな」

と、根岸がやって来て、

「なにかあったか？」

訊かれて、凶四郎は根岸に昨夜の件を報告した。

「なるほど、辻斬りがな」

と、根岸はうなずくと、

「ちと、例繰方《れいくりかた》の誰かを呼んできてくれ」

と、宮尾に命じた。

宮尾といっしょにやって来たのは、桜山伸治郎《さくらやましんじろう》という、もう五十半ばで、「いつもお茶ばかり飲んでいて、仕事をしているところは見たことがない」と噂の同心だった。ほかの者はまだ来ていなかったらしい。

「なんでしょうか？」

桜山は、怯えたように訊いた。

「今年に入ってから、若い男が辻斬りに遭ってなかったか？」

「辻斬りは何件かありましたが」

根岸とは目を合わさず、おどおどした口調で答えた。

「若い男にしぼって、調べてくれ。すぐにだぞ」

根岸も噂は知っているのか、やけに急かすように言った。

「はい」

桜山は、慌ててもどって行った。

それから根岸は、凶四郎に向かって、

「その田畑という浪人者を探ってくれ。もしかしたら、ぽん助とつながるかもしれぬ」

「幇間と浪人がですか？」

凶四郎は首をひねった。

「意外な組み合わせだよな」

「どこで出会うのでしょう？」

「ま、偶然も含めていろんな出会いはあるさ」

「お奉行は、直接、ぽん助が殺しているとおっしゃいました」

「うむ」

「見張られていると知って、やり口を変えたのでしょうか？」

「そこはまだわからぬが、とりあえず、探ってくれ」

「わかりました」

凶四郎がうなずくと、

「お奉行さま。まさか、いままで死んだ人たちも、その浪人がやったってことは?」

と、しめが訊いた。

だが、根岸は軽く微笑んで、

「いや、それはあるまい」

と言い、さらに、

「しめさんたちは、一之助のことを突っ込んでくれ。人となりから遊びっぷりまで、できるだけ詳しくな」

「はあ」

しめは、なにか納得いかないまま、うなずいた。

例繰方の桜山がもどって来た。書類を一冊持って来て、

「辻斬りは、今年、四件ありましたが、若い男が斬られたのは一件だけです。今年の四月、竜閑川の地蔵橋のたもとで、油問屋の〈喜瀬屋《きせや》〉の若旦那の重右衛門《じゅうえもん》が辻斬りに遭って亡くなってます」

仕事をしようと思えばやれるらしい。

というより、噂よりは、ちゃんと仕事をしているのかもしれない。

「北です。近くの番屋の者が通りかかった浪人者に声をかけていますが、竹光だったので、引き止めなかったみたいです」

この報告に、四人とも、

「あ」

と、なった。

「同じ男だろうな」

根岸は凶四郎を見て言った。

「その件も調べます」

凶四郎が言った。

「手は足りるか？」

「大丈夫です」

「寝ないで動くのはやめておけ。自分で思っているより、疲れていることがある」

根岸は、凶四郎の首のあたりをちらりと見て言った。黒ずんだ痣は、もうわからなくなっている。

「ありがとうございます」

凶四郎は、いまからすぐに寝て、早めに起き出すつもりである。

四

凶四郎と源次は、まだ陽が高いうちに、紺屋町の田畑俊太郎の長屋にやって来た。なかなかこぎれいな長屋である。

田畑は出かけているらしい。

大家は、路地を出たところにあるそば屋のあるじで、雇われ大家ではなく、家主でもあるという。

凶四郎が十手を見せ、

「店子の田畑という浪人者だがな」

と、名を挙げると、

「あたしは店子については厳しく選んでますので、町方のご迷惑になるような人はいないはずなんですがね」

しきりに首をかしげた。

「いつから、ここに？」

「今年の四月からです」

「ほう」

とすると、ここに来てすぐ、喜瀬屋の若旦那になにかしでかしたのだろうか。

「浪人する前は？」

「加賀さまの藩士だったのですよ」

「なんでもして、浪人する羽目になったのだ？」

「なんでも上司の賄賂を追及して、うとましがられ、挙句にやってもいない罪を押しつけられたんだそうです」

「ずいぶん立派な理由じゃねえか」

と、凶四郎は斜めの笑みを浮かべた。

「信じられないので？」

「おれたちはきれいごとを信じられなくなっちまったのさ」

「でも、身元引受人になられた加賀藩のお侍がそうおっしゃってましたので」

「身元引受人までいるのか。だったら、その証文を見せてくれ」

「それはご勘弁願います。あとで叱られるのはあたしですから」

「なるほどな。まあ、いいか」

いまのところは、そう無理も言えない。

「ただ、田畑さまは御留守居役の補佐をなさっていたそうですよ」

「ほう」

だとしたら、他藩の留守居役同士の付き合いなどで、料亭などに出入りする機会もずいぶんあったはずである。

ぽん助ともそこで知り合ったのかもしれない。

「ここを訪ねて来る者は？」

凶四郎はさらに訊いた。大家がぽん助を見かけていてくれたら、それでほぼ疑惑は解明である。ただ、しめも言っていた、殺しの謝礼に関する疑問は残るのだが。

「さあ。人付き合いはほとんどしていないみたいですよ」

「客くらい来るだろうよ」

「あたしは見たことはありませんね」

まあ、よそで会っているのだろう。

「店賃はちゃんと入れてるのか？」

「いまのところは。ただ、数日待ってくれというのは二、三度ありましたが」

けっして懐に余裕があるというわけではないらしい。

「いったい田畑さまは、なにをなさったんです？」

大家は怪訝そうに訊いた。

「それがわからぬから調べているんだろうが」

「はあ」

大家は納得いかないらしい。

それから源次に、住人たちに声をかけさせたが、

「長屋の連中とはまったく付き合いはありません。挨拶もしてくれないと憤慨している者もいました」

ということだった。

「さて、どうやって突っ込もうかね」

当人に訊いても、しらばくれるだけだろう。

「加賀藩を訪ねますか？」

「いや、正面から行っても、相手にしてくれるわけがねえ」

「身元引受人を探り出しますか？」

「ますます口をつぐむと思うぜ。それよりは、出入りの商人から突っついてみようぜ」

と、本郷に向かい、まずは藩邸近くの菓子屋に声をかけた。上等な菓子屋で、たぶん加賀藩でも、手土産用に使っているのではないか。

「ここは、加賀藩の御留守居役も利用しているんじゃないかい？」

と、凶四郎は声をかけた。

「ええ。ご利用いただいてますが」

「田畑俊太郎というお人がいただろう」

「ああ、田畑さま。でも、いまは浪人なさっているみたいですよ」

「そうなのか」

と、凶四郎はとぼけて、

「理由は知っているのか？」

「いいえ、知りません」

知っていても言わないだろう。

凶四郎は菓子屋を出て、

「裏門の近くには、たいがい藩士が夜、飲みに来る飲み屋があるはずなのさ」

「なるほど」

ぐるりと回って、無縁坂を下り、不忍池《しのばずのいけ》に沿った下谷茅町《したやかやちよう》に来た。

「ここなんか臭いんじゃないか」

こじゃれてはいるが、そう高そうでもない飲み屋を指差した。

「なるほどね」

源次が、まだ開いていない戸を開けて、奥のほうに声をかけ、

「ちっと訊くがね。ここは加賀さまの藩士たちがよく来るんじゃねえのかい？」

と、十手を見せた。

「ええ、よくいらっしゃいますよ」

仕込みをしていた四十くらいのおやじが、手を拭きながら表に出てきた。奥にもう一人、小娘がいたが、ほんとの娘ではなさそうである。凶四郎を見て、ぺこりと頭を下げた。

「御留守居役の下役で、田畑俊太郎さんて人は来てたかい？」

源次が訊いた。

「はい、来られてましたよ。でも、田畑さまはもう、加賀藩士じゃありませんぜ」

「うん。そうだよな。ここじゃ、ずいぶん飲んだのかい？」

「いや。仲のいいご同僚のほうは、ずいぶんお飲みになりますが、田畑さまは飲まないですよ。いつも、茶を飲んで、肴を召し上がってました」

「飲まない？」

「だから、酒席も嫌いで、そういう付き合いはすべて上司にまかせていたと言ってましたけどね」

「旦那……」

と、源次は凶四郎を見た。

酒も飲まずに、どうやって幇間と出会うのか。

「そいつらは、茶屋遊びはしているようだったかい？」

と、凶四郎は訊いた。

「いやあ、上役ならともかく、あの人たちはそこまでは無理でしょう」

「では、女か？」

「女も好きでしょうが、あの二人は吉原だの岡場所には行かないみたいですぜ」

「素人娘か」

「それも、まだ、ねんねの小娘が好きなんですよ」

「ねんねの小娘？」

「うちにほら、十六のおみちってのが酌をしてるんですが、あれでも歳が行き過ぎているらしいです。あと、三つ四つ若いのがいいと、言っていたのを聞いたことがあります」

「それは……」

と、凶四郎は顔をしかめた。タチが悪い。だが、そういう好みの男というのがいるのは知っている。

「まさか、手籠めにしたりするのか？」

とすれば、別口で引っ張ってもいい。

「そこまではしないみたいです。ただ、好きなものを買ってやったりはしているみたいですね」

「くだらねえ野郎だぜ」

凶四郎は吐き捨てるように言った。

翌日——。

なにか手がかりを求めて、田畑の家をのぞくことにした。田畑は、しょっちゅう長屋を出ては、十軒店あたりの小間物屋で、あれこれ物色しているらしい。

今日も出て行くところを確かめた。

「源次、先に入ってくれ」

「床下に小さい骸骨なんかあったら嫌ですね」

「あり得るぜ」

源次は肩をすくめながら、田畑の家に入ったが、すぐに路地のところにいた凶四郎を手招きして、

「凄いですぜ」

と、呆れた顔で言った。

「なんだ、こりゃ」

まさに小娘の部屋である。いや、小娘でもここまではしない。小娘に化けた狐の部屋である。

壁一面、折り紙が貼られている。色彩で溢れ、目がチカチカする。人形も何体か

置いてある。

「なにしてるんですかね、ここで？」

「想像したくもねえ。気味悪くなってきたぜ」

二人は早々に部屋を出た。

「どこでぽん助につながるんですかね」

「まあ、喜瀬屋に行ってみるか」

現場もこの近くである。

喜瀬屋は大伝馬町の並びにあって、間口も十三、四間もある大店だった。

辻斬りの件を切り出すと、

「まだ、下手人を捜していただいてるので？」

あるじは意外そうな顔をした。

「なんだ、北町のほうじゃ、捜していねえのか？」

「辻斬りは、一人だけやられて捕まえるのは難しいと言われました」

「まあな」

それはそうなのである。新たな被害者が出るところだったが、生憎、凶四郎が止めてしまっていた。

「だが、うちじゃ目途がつきそうだぜ」

「そうなので」

「倅は生き返らねえが、仏に報告はしてやりてえよな」

「ぜひ、お願いします」

「ところで、若旦那は幇間遊びはしてなかったかい？」

「幇間遊び？　そこらはよくわからないんです。ただ、内気な子だったのが、ちょっと夜遊びまでするようになったというので、逆にホッとしていたんですよ。まさか、辻斬りに遭うなんて、思いもしなかったものですから」

おやじの目に涙が溢れてきた。

五

一方、しめたちだが——。

一之助に直接訊く前に、周囲から攻めることにした。

この日は、父親に頼まれたのか、帳場に座っている。やって来る客は、一般の客より、町の本屋や貸本屋、さらに学者なども多いらしい。

店先には、入荷したばかりらしい本の書名が、張り出されている。しめが読みたいというか、読める本は、あまりなさそうである。

一之助としばらく話して、本を数冊購入して外へ出て来た年配の客に、

「ちっとすみませんね」

と、しめは声をかけた。

「なんでございましょう」

「あの鳳凰堂の若旦那ってのは、どういう男なんです？」

十手をちらつかせた。

「なんの御用でしょう？」

客は警戒している。

「じつはさ、あの若旦那は先夜、辻斬りに狙われたんだよ」

「そんなことがあったんですか？」

「それで、どういう人物で、なにか狙われる理由でもあったのかと思ってさ」

「あの若旦那は、まだ若いが、たいしたもんですぞ。漢語などもすらすら読めるし、近ごろは蘭語の勉強もしているそうですよ」

「漢語に蘭語ねえ」

「しかも、紹介する書物は、ちゃんと自分で読んでいる。なかなかあそこまではできませんよ」

「へえ。だが、優秀すぎると、人に恨まれたりするんじゃないかい？」

「そこまでは知りませんが、変わったところはあるでしょうな」

「変わったところと言うと？」

「医書が好きでね。医者も読まないほどの量を読んでます。じつは、あたしもその医者なんですが」

「そうでしたか」

「知識もたいしたもんでね。充分、医者になれると言ったんですが、医者にはなりたくないと。まあ、跡継ぎですからね」

しめなどは、医書が好きなことがどう変わっているかもピンと来ない。

つづいて、隣の瀬戸物屋の女中に訊くと、

「若旦那は子どものときから知ってますよ。可愛い子でね。しかも、内気だから、からかったりすると、真っ赤になってね。四、五年前でしたかね、うちの女中で、お千代っていう子がずいぶん気に入ってたみたいでしてね。あたしが、文を渡してやるからってからかうと、真っ赤になってね」

「それでどうしたんだい？」

しめがいちばん好きな話である。

「渡したけど、相手にされなかったんですよ。どうも、難しくて、お千代には読めなかったみたいですよ。はっはっは」

この分だと、若旦那がふられた話はずいぶん知れ渡ったのではないか。

誰に訊いても、悪口は耳にしないので、翌日にはいよいよ当人に訊くことにした。

昼飯は、近くにお気に入りのそば屋があるらしく、そこへ向かう途中で、

「ねえ、若旦那」

と、十手を見せた。

「なんでしょう？」

若旦那はひどく怯えた顔をした。

「一昨日の晩、辻斬りに襲われそうになったんですって？」

「ほんとに辻斬りなんですか？　あたしには、そうは思えませんでしたよ。ただ、ふいに現われた町方の旦那たちが『逃げろ』と言うもんですから、逃げましたけど」

迷惑だったと言わんばかりの口調である。

「あんた、ぽん助と遊んでるんだろ？」

「ええ、まあ」

「なんで、幇間なんかと遊ぶんだい？」

「楽しいからですよ」

「あんたみたいに若い男なら、若い娘と遊んだほうが楽しいだろうよ。吉原だって、どこだって、そういうところはいっぱいあるだろ？」

「そんなの、大きなお世話ですよ。だいたい、女なんかと話したって、面白くない

「女は、どうやれば楽な暮らしができるかとか、金のある家に嫁に行けるかとか、どうしたら自分がきれいに見えるかとか、そんなことしか考えていないでしょうが」

「あら」

でしょうが」


「ぽん助は違うのかい？」

「ぽん助とは……人生の話ができます」

「へえ、人生の話をね。ところで、綽名があるのは知ってるかい？」

「死神幇間でしょ。ぽん助から聞きましたよ」

「怖くないのかい？」

「別に」

「今日も遊ぶのかい？」

「それはわかりませんよ。遊べるものなら遊びたいですがね。なんか、最近、町方に見張られてるって、ぽん助が言ってました。あんたたちですか？」

「いや、まあ」

「つまらないことはよせ！」

若旦那は急に大声を出すと、へなへなした足取りで、駆けて行ってしまった。

もっと訊きたいことはあったが、なにか話しそうにはない。

次の朝――。

しめと雨傘屋は、土久呂と経過を報告し合った。

田畑の部屋のことを聞いたしめは、

「浪人者はそういうやつなんですか？」

「ああ。気味が悪いよな」

「ということは、あたしは考えを変えますよ」

「なにをだい？」

「あたしは、ぽん助は金がないから殺し屋なんか雇えないと思ってました。でも、その浪人者がそういうやつだとすると」

「金ではなく……」

「小娘を見つけて、土産代わりにもしかねないでしょう」

「そういう線も出てくるか」

なるほどと言うように、凶四郎もうなずいた。

三人は考え込んだ。

「でも、だからと言って、殺す殺されるってことになりますかね。あたしには、なにがなにやら、わかりません」

しめは、頭を掻きむしった。

六

そこへ根岸がやって来た、この日も朝食を取りながら、凶四郎としめの報告に耳を傾けた。すべて聞き終え、

「結局、ぽん助と遊んだあとに、何人が死んでいるのだ？」

と、根岸は訊いた。

凶四郎は、しめの顔を見てうなずくと、手帖を広げ、

「順を追いますと、喜瀬屋の重右衛門が辻斬りにやられたのが最初かと思われます」

「うむ」

「次が、多久屋《たくや》の松太郎《まつたろう》が荷車に轢かれて死んでいます」

「なるほど」

「それから、日野屋《ひのや》の賢吉《けんきち》が、愛宕山の階段から落ちて死にました」

「転落死か」

「さらに、大松屋の喜三郎《きさぶろう》が、日本橋川で溺死しました」

「しめさんたちが見かけたやつだわな」

「そして、木島屋の正之助は、内神田の火の見櫓から飛び降りました」

「これで五人か」

「見事に若旦那ばかりですね」

しめが感心して言った。

「そして、いま、ぽん助と遊んでいるのが、鳳凰堂の若旦那の一之助です」

「なんとなく、出口は見えてきた」

根岸のつぶやきに、全員が、

「え？」

と、互いに顔を見合わせた。

「出口は見えたが、辿りつけるかどうかはわからんぞ」

「見えただけでも凄いです」

と、しめは言った。

「まずは、亡くなった五人について、もう一度、訊き込んでくれ。抱えていたかもしれぬ悩みや、人となりについてな」

「はい」

「その報告を待って、わしが直接、一之助を問い詰めてみよう。それで、どこまでわかるかだがな」

根岸は珍しく、首をひねった。

この日からさらに二日のあいだ、凶四郎やしめたちは、分担し合って、死んだ若旦那たちの話を訊いて回った。

三日後――。

それぞれ聞き込んだ話を突き合わせた。

「喜瀬屋の重右衛門は、子どものころから内気なところがあり、四、五歳のころまで外を出るのをひどく嫌がったらしいんだ」

「外のなにが嫌だったんですかね」

「可愛い顔をしていたもので、寄って来るやつが多かったらしい。だが、子ども心に、それが怖かったみたいだな」

「贅沢ですねえ」

「それは二十歳くらいになるまでずっとつづいたそうだ。それで、父親が、近くの遊び人に頼んで、騙すようにして若旦那を吉原に連れて行ってもらったらしい」

「そりゃあ、落とし噺の『明烏《あけがらす》』ですね」

「それがよかったのか、悪かったのか。その流れで、ぽん助と遊ぶようになったのだろうな」

「多久屋の松太郎ですが、新川から来る酒樽をいっぱい積んだ荷車に身を投げたんですが、橋を越すのにあそこで速度を上げるのは、毎日見ていて知っていたそうなんです。よく、店の前に立って、じいっと外を眺めたりしていたそうです」

「なにを思っていたんだろうな」

「多久屋というのは五代つづいた唐物屋です。あるじが目利きで、江戸の骨董好きなら、ここへは必ず立ち寄るという店だそうです。死んだ松太郎も、子どものときから唐物だの骨董だのを見てきたので、若いがかなりの目利きだったといいます。ただ、身体を使って稼ぐことに、憧れがあったらしいんです」

「身体を使って？」

「車引きだの、船頭だののです。仏像を見るのが嫌になっていたと、友だちには話したことがあったらしいです。だが、父親に言わせると、この商売をやると、よくあることなんだそうです。何百年も前に彫られた仏像には、なんとも言えない重苦しさがあるんだと」

「わかる気がするな」

「日野屋の賢吉は、子どものころから落ち着きがなかったそうです。外の音や声が気になってたまらず、食事中だろうがなんだろうが、それにつられて飛び出して行くような子どもでした。そのため、近所の同じ歳の子どもたちとはあまり気が合わず、一人遊びをすることが多かったみたいです」

「ああ、そういう子どもっているよな」

「ただ、高いところが好きで、家にも賢吉専用の火の見櫓がつくってあったくらいです」

「専用の火の見櫓ってのは珍しいな」

「ええ。そこから景色を見ていると、落ち着くのだと語り、実際そのうちずいぶん落ち着きも出てきたらしいんです。それくらいだから、夜中に愛宕山の階段から落ちたときも、悲しみはしたが、とくに意外だとは感じなかったと、父親も話してました」


「大松屋の喜三郎ってのは、子どものころから不器用だったそうだ。独楽《こま》回しや凧揚げなど、子どもの遊びもうまくできなかった。できないことに癇癪《かんしゃく》を起こし、親や使用人に怒りをぶつけることも多かったらしい」

「ああ、うちの倅にもそんなところがありましたよ」

と、しめ。

「だが、一つだけ、十四、五のころ、たまたま教わった舟漕ぎが上達し、自前の猪牙舟までつくってもらったほどだった。それとともに、癇癪を起こすこともなくなり、よく使用人を連れて、舟遊びには出ていたらしい。ただ、そろそろ親が隠居したいと言い出していて、喜三郎はまだ早いと言っていたそうだ」

「木島屋の正之助ですがね。母親の態度が妙だったんです。この母親ってのがまた、若くてね。とびきりの美人てほどではないんですが、やさしげな感じはするんです。案の定、後妻です。正之助には義母になります。歳は八つくらい違うんです」

「おいおい、まさか」

「おあきというんですが、なかなか言いたがりませんでした。でも、そこは諦めたら負けですからね。もちろん、しつこく訊きましたよ。それで、ついに言いました」

「できてたのか？」

「どうも、それは本当にないみたいです。ただ、若旦那に思いを打ち明けられて、悩んではいたそうです。だったら、正之助は、悩んだ挙句に飛び降りたかもしれないと問い詰めますと、それは、正之助さんが勝手にやったことだと。あたしは知らないと、こうですよ。正之助も、もうちっとましなのに惚れていりゃあね」

こうして、互いの報告は終了したが、

「こりゃあ、さすがのお奉行も、ぽん助が殺したことを立証するのは難しいんじゃねえかな。おそらくお奉行は、ぽん助が口で、若旦那たちを死に追い詰めたとお考えなんだろう。でも、それぞれに悩みがあって、たとえぽん助がそのことを突っ込んだりしなかったとしても、自分から死んでいたかもしれねえな」

凶四郎がそう言うと、

「あたしもそう思いますよ」

しめもうなずいた。

異議を挟んだのは雨傘屋で、

「ちょっと待ってくださいよ。五人が五人とも、自分で死を選んだってのも変でしょう。あ、辻斬りもありましたか。それは別にしても、なんのかんの言ったって、五人とも大店の若旦那でしょう。金銭面での余裕はあるし、皆、独り者だから、家族を持った苦労なんてのもないですよね」

「そりゃあ、そうだ」

と、凶四郎はうなずいた。

「いくらでも、楽しいことだって見つけられるじゃありませんか」

「じゃあ、やっぱりぽん助が口で言いくるめて、殺したってえのか?」

凶四郎が首をかしげ、

「でも、それをやれば、ぽん助はお得意さまを失うよ」

しめが納得できないという顔で言った。

「ですよね」

「だいいち、人ひとりを、口先三寸で死に追いやるって、お前ねえ、そんなにかんたんなもんじゃないよ」

「あっしもそうは思います」

と、雨傘屋も自信があるわけではない。

「それでぽん助に居直られたら、お奉行もどうしようもねえ。ましてや、あのお奉行は、拷問で無理やり吐かせるなんてことはなさらねえしな」

凶四郎は腕組みしながら言った。

七

凶四郎やしめたちの報告を受けた晩――。

根岸は深川の掘割を挟んで、花街の明かりを眺めていた。

報告を聞いて思ったのは、

――幇間の気持ちがわからないと、ぽん助のしたことを明らかにはできないのではないか。

　ということだった。

　それで、ぽん助が幇間の仕事を始めたこの深川へ来て、花街を眺めてみようという気になったのだった。

　この紅灯《こうとう》の巷《ちまた》で、ぽん助は芸とともにこの世の眺め方まで育んだはずなのだ。吉原とも両国とも日本橋とも違う、ここ深川の花街。ここで、若かったあいつになにがあったのだろうか。

　すると、横から、

「ひいさま」

　と、声がかかった。

「なんだ、力丸ではないか」

　いまから、お座敷に向かうところらしく、三味線を抱えている。

「どうなさったのです、こんなところで？」

「うむ。花街の明かりを眺めていた」

「大丈夫ですか？」

　力丸は笑いながら訊いた。

「大丈夫だよ」

「まさか、お独りってことは？」

「いや。ちゃんと守ってくれているよ」

目を向けたところに、宮尾玄四郎と椀田豪蔵がいて、力丸に会釈をした。

「寂しくなったんですか？」

「そういうわけじゃない。あんたも知っていたそうじゃな、超弦亭ぽん助」

「ああ、はい。死神幇間」

「そう。あいつの気持ちに迫りたいが、なかなか難しい。幇間の気持ちというのはそれほど変わったものなのかな」

「そんなことはないでしょう」

力丸は即座に言った。

「そうか」

「人を楽しませる仕事なんて、それほど珍しくないじゃありませんか。芸者だって、似たようなものですよ。役者だってそうだし、もっと言えば、飲み屋の女将さんだって」

「まったくだ」

「では、わしもぽん助の気持ちになれるか」

「なれますとも。ひいさまは、いままでだって、いろんな悪党の気持ちになってきたじゃありませんか」

「まったくだ」

力丸にそう言われて、根岸はずいぶん気持ちが楽になった。

ほどなくして私邸にもどると、

「御前、お客さまが」

女中頭のお貞が言った。

「客？」

よいしょの久助がいた。

「よう、久助」

「じつは、例のぽん助のことなんですが」

「なんだ、気にしてくれていたのか」

「そりゃあ、気になりますよ。これでも半分は、岡っ引きですから。それで、幇間仲間にもいろいろ声をかけたんですが」

「うむ」

「どうも、幇間になるときに、友だちといっしょに修業を始めたんだそうです」

「友だちと？」

それはしめも知らなかったのではないか。

「そいつはわずか数日で諦めて、いまは左官になっているんですが、そいつを捜し出しましてね」

「いつ、そんなことを？」

「なあに、幇間なんざ、夜まではずっと暇ですから」

「それで？」

「こいつはぽん助の幼なじみでした。ぽん助は、鉄砲洲に近い長屋で育ちましてね。それで、詳しく野郎の話を聞きましてね」

「ほう」

鉄砲洲は、根岸もいろいろ縁のあるところである。どうにも手がつけられなかったところ、あそこらでは、よく後ろ指をさされたり、やたらと喧嘩をふっかけられたりした。もちろん、ふっかけられた喧嘩は、すべて受けた。死ななかったのは、運がよかったとしか思えない。

久助の話はかなり長くなった。

聞き終えた根岸は深くうなずき、

「あいつの気持ちはずいぶんわかってきた」

と、言った。

八

すでに五つ半くらいになっていたが、凶四郎が鳳凰堂の一之助を見張っているというので、宮尾と久助を伴って、根岸はそのまま一之助を訪ねた。むろん、鳳凰堂は店を閉めていたが、南町奉行を名乗って開けさせ、目の前の伊勢町堀のほとりに連れ出した。

鳳凰堂の前には、ちょうどしめと雨傘屋もいて、ずいぶんな数で一之助を囲んだ。

「寝ていたか？」

根岸は一之助に訊いた。

「いえ。宵っぱりなもので」

一之助は緊張した顔で答えた。なにせ相手は南町奉行である。しかも、大勢に囲まれている。

「ぽん助に会いたいか？」

「ですが、こちらの方たちが……」

と、しめや雨傘屋を指差した。

「ぽん助に会って、そなたが死にたくなるとまずいのでな」

「……」

一之助は顔を伏せた。

「本当なら、この前の晩、そなたは辻斬りに斬られて死んでいるはずだったからな」

「……」

「田畑という浪人者は、竹光なので辻斬りはできぬとほざいたそうな。生憎、つまらぬ嘘はわしらには通じぬぞ」

「そうなので？」

「そなたは、どこかに短刀を隠しておいたのであろう？」

「……」

「ここらにも隠しておけるところはあるわな。そこの柳の木の上にでも、用水桶の陰にでも」

根岸は見えるところにあるそれらを指差しながら言った。

「……」

反論しないところを見ると、当たっていたのだろう。

「それで、自分を斬らせ、短刀はこの堀にでも投げ入れる。田畑はもし咎められても、竹光で斬ることはできるわけがないとほざく。下手人はわからずじまいになる――と、そうなるはずだった」

「なんで、そんな死に方をしなきゃならないんですか？」

一之助は、根岸から顔をそむけながら訊いた。

「親を苦しませたくないのだろうな。悲しませるのは仕方がないが、苦しませるのは忍びないのだろう」

「……」

一之助は目を瞠った。的中したのだ。

「なぜ、死のうなどという気持ちになったんだ?」

根岸は静かな口調で訊いた。底に、温かみがある。

「よくわからないんです」

「ぽん助から死ぬことを勧められたのか?」

ここが肝心である。

「いえ、ぽん助からそんなことを勧められたことはありません」

一之助は首を横に振った。

「ぽん助と遊ぶうちに、そんな気持ちが湧いてきたのか?」

「そうです」

一之助はうなずいた。だとしたら、勝手に死のうとしたわけで、ぽん助が殺したことにはならないのである。

「ぽん助というのは、人の話を聞くのがうまいらしいな」

「ええ。あんなふうに話を聞いてくれる人と会ったのも初めてでしたし」

「言えなかった悩みも打ち明けることはできるしな」

「ぽん助と話すうち、あたしには生きる力というのが欠けているんじゃないかと思ったんです」

「それを口にしたのか？」

「しました」

「ぽん助はなんと？」

「あっしもそうだよ、若旦那って。嬉しくなりました」

「そうじゃないとは言わないのか？」

「寄り添ってくれるんですよ、ぽん助は」

「寄り添ってくれたのか？」

根岸は訊き返し、後ろにいるしめたちに、

「怖いな」

と、言った。

「ゾッとしました」

しめが強張った顔でうなずいた。

「ここが、五人の若旦那殺しの核心だろうな。ぽん助は、寄り添って、死の縁まで連れて行ってくれたのだ」

根岸の言葉に、一之助は、

「ああ」

と、目が覚めたような顔をした。

「それで？」

「そんな生きる力が欠けたあたしが、この先、生きていくとしたら、辛くなる一方じゃないかって思いました」

「気分はふさぐだろう？」

「それはもう」

「医書をずいぶん読んだそうだな？」

根岸は話を変えた。

「あ、はい」

「病のことが知りたかったのか？」

「死ぬのが怖かったんです。それで、病を防ぐために、病のことを知ろうとして」

「だが、逆に死は身近なものになるんだよな」

「そうなのです」

一之助は根岸を見た。二人目の、自分の気持ちをわかってくれる人を見つけたらしい。

「それで、浪人の田畑俊太郎のことを、ぽん助が言い出したのか？」

また、話を変えた。

「あ、そうです」

一之助は、そこまでご存じなので？ という顔をした。


それから半刻ほどすると――。

凶四郎と源次は、田畑俊太郎の長屋に来ていた。戸は開けず、外から声をかけた。

「南町奉行所の、土久呂ってもんだ。このあいだの夜、会ってるよ」

「なに用だ？」

戸の向こうで返事がした。

「ちと、そこまで付き合ってくれ」

「嫌だと言ったら？」

「嫌だとは言わねえほうがいいな」

田畑は瞬時、黙ったが、すぐに戸を開けて外に出て来た。

「若旦那はもう死ぬ気はなくなったみたいだぜ」

「……」

「あんたの手口はわかったよ」

「なに？」

「短刀を隠して、それでえぐり、短刀は近くの堀に捨ててしまう。それで、竹光で人は斬れぬと。考えたのは、喜瀬屋の若旦那だったみたいだな。それで同じ手口を、鳳凰堂の若旦那にもやろうとした」

「くだらぬ」

「喜瀬屋の若旦那は、加賀藩に出入りしていた。そこであんたと知り合い、一之助はあんたのことは、喜瀬屋の若旦那から聞いたぽん助を通して聞いたみたいだな」

「そいつは、おそらく頭が変なんだよ」

「その場所を調べたよ」

「え？」

「喜瀬屋の若旦那が斬られた地蔵橋の堀を浚《さら》ったのさ。短刀が出てきたよ」

「そんなものは知らぬ」

田畑はそっぽを向いた。

「まだ、しらを切る気かい」

「同心さんよ、あんた、人を斬ったことがないんじゃないか？」

「なぜ？」

「血しぶきを浴びるだろうが。人を斬ったら、凄まじい血しぶきが噴き出すんだぜ」

「まともに斬ればな」

「まともにだと？」

「相手はすでに斬られることを覚悟してるんだ。こっちを向けと言えば、こっちを向くし、かがめと言えば、かがむだろう。だったら、血しぶきを避けるのはそう難しくはねえ。いくらか手に血がつくかもしれねえが、あらかじめ手ぬぐいでも巻いて、血がついたらそこらに捨てちまえばいいんだよ」

凶四郎は、薄く笑いながら言った。

源次が十手を構え、大きく田畑の後ろに回ろうとしている。

「いくらもらった？」

「言う必要はない」

「小娘に人形でも買ってやったんだろ？」

「……」

田畑の顔が赤くふくれた。

「大人の女は怖いのかい？」

凶四郎はさらに煽った。

こういう男は、お白洲でもしらを切りつづけるのだ。ここで決着をつけたい。

「どうせ、加賀藩から抛《ほう》り出されたのも、そこらを咎められたんだろう。大家には、ずいぶんなきれいごとをほざいたみたいだがな」

「ううっ」

「とりあえず、大番屋まで来てもらおうかな」

「行くものか」

竹光を抜き放った。

「竹光だろうが」

「これで充分だ」

田畑は、凶四郎のわきを抜け、いきなり駆け出した。後ろに回り込んでいた源次も、慌てて後を追った。

広い場所に出た。そこで振り返った。

「来いよ」

斬り合いになった。

むろん、田畑は刀を合わせない。巧みに剣先をかわしつづける。重い刀を振り回すほうに疲労がたまる。動きが悪くなれば、竹光の先でも方々突っつかれ、充分、致命傷にもなるのである。

「久しぶりだが」

凶四郎の剣が下段からゆっくり輪を描き始めた。

「ふふふ。三日月斬りてえ名前をつけたんだがな」

初めて見る奇妙な剣に、田畑は目を瞠った。

剣先が弧を描きながら降りて来たのだ。

「あっ」

飛びすさることはできなかった。剣が追いかけてきた。

田畑は手首を斬り落とされ、膝から崩れ落ちていた。

九

翌朝である。

根岸の私邸には、早々と、しめと雨傘屋がやって来た。凶四郎は、さっきまで二刻《ふたとき》（約四時間）ほど寝て起きたばかりで、宮尾のほうは充分に寝たりたような顔で膳の前に座っている。いずれもこれから始まる捕り物に緊張の面持ちを隠せない。

根岸が来て、いつものように悠然と朝食を食べ終えると、

「さて、宿屋に行こう」

そう言って、立ち上がった。

「宿屋に？　呼びつけるのではなく？」

しめが驚いた。

「ああ。それでな、しぶといようだったら、途中で場所を変える」

「奉行所にですか？」

「いや、奉行所ではない。そうだな、そなたたちも乗るから猪牙舟を二艘、馬喰町の土橋のところに待機させておいてくれ」

「わかりました」

と、宮尾が連絡に走った。

半刻後——。

根岸と凶四郎に宮尾と椀田、そしてしめと雨傘屋が、馬喰町の安宿の前にやって来た。宮尾と椀田は、宿の帳場近くに待機し、二階に上がったのは、四人だけである。

「南町奉行所の者だ」

根岸はそう言ってふすまを開け、十手を見せた。

「よっ。これはまた、偉そうな旦那のご登場で。もしかして、与力の旦那ですかい？　与力の旦那と話をさせていただくとは、光栄ですな。先だってから、そちらの親分衆にも見張っていただいてましたて」

古びた畳に座ったぽん助はからかうような笑顔を、しめと雨傘屋に向けた。

根岸はぽん助の前にあぐらをかいて座った。

それから、ゆっくりと語り出した。

「四月から、巷の若旦那が次々と、奇禍に遭って命を落とした。その数、五人。死に方はそれぞれ違った。辻斬り、荷車の事故、愛宕山の階段からの転落死、日本橋川の溺死、そして、火の見櫓からの飛び降り。近くには誰もおらず、これらは自ら命を絶ったか、あるいは不慮の災難かと思われた。ただ、この者たちには、共通することがあった」

「はいはい」

ぽん助は軽い調子でうなずいた。

「それは、亡くなる前の数日間、野だいこの超弦亭ぽん助と、遊んでいたということだった。やがて、それは噂になった」

「超弦亭ぽん助は、死神幇間というやつでげしょ。弱りましたよ、どうも。商売に差し支えますこと、この上ありませんや」

「そうでもあるまい。世のなかには、変わったやつもいる。そんな幇間なら、おれも遊んでみたいと、そなたを捜す者も出てきているらしいではないか」

根岸がそう言うと、凶四郎やしめは、「そうなので？」という目をした。いつもながら、根岸が噂を集める伝手というのは多岐にわたっている。

「ま、多少は」

と、ぽん助も認めた。

「だが、わしは、これらの奇禍は、偶然のできごととは思っておらぬ」

「じゃあ、あっしが本当に死神幇間だと？　参ったなあ。与力さまにまでそんなことを言われるなんて。さっそく、お祓いに行って来ないといけませんね」

「いや、お祓いの必要はない。なぜなら、それは皆、そなたが直接、殺したからだ。そなたは死神幇間というより、ただの人殺しだ」

根岸はそう言って、厳しい目をした。

「なんてことをおっしゃいますんで。それは、証拠があってのことなんでしょうか？」

「もちろん、そなたは直接と言っても、手を使ったわけではない。口を使ったのだ。言葉巧みに、若旦那たちを死んでしまいたくなるよう、仕向けてしまったのだ」

「そんなこと、できるんですか？」

「できるのだな。わしも驚いた。だが、そなたは、たいそうな褒め上手、さらには人の話をうまく聞き出す聞き上手であったという評判もある」

「それは、幇間の基本ですから。芸も大事ですが、むしろ幇間はそっちで客をいい気持ちにさせるのが仕事なんです」

「そうだな。だが、褒め上手、聞き上手であるということは、逆もうまいのだよな。つまり、けなし上手、そして相手を絶望させるのも上手というわけだ」

「へえ、そうなんですか」

「それほど、人の心を操るのに長《た》けているわけだ」

「いやあ、それほどでも」

「不気味なまでの悪意だな」

「悪意ですか」

「ああ。人の心を弄び、ついには空しい気持ちにさせ、生きることが馬鹿馬鹿しいとさえ思わせてしまうのだからな」

しばし、沈黙があった。

ぽん助の軽薄な笑いに、かすかな影が差し始めているようにも見える。

「なにもないな」

根岸は部屋を見回して言った。

ぽん助の荷物はなに一つないのだ。

「ええ、これ一本あれば、やっていける商売ですので」

と、扇子で頭を叩いた。

「物にも金にも執着はないか？」

「ないですね。あっても邪魔なだけでげしょ」

「女にも惚れないのか？」

「言われてみたら、惚れたことはありませんね」

「手強いな」

根岸は言った。

「手強いですか？　あたしが？」

「ああ、悪党だが、そこらの悪党とは、住んでいる場所が違う」

「そりゃあ、自分でも知りませんでした」

と、ぽん助は肩をすくめた。

「そなたも、苦労したようだな」

と、根岸は言った。共感の気配もある。

「多少はしたかもしれませんが、別に珍しくねえでしょう」

「だが、そなたほど、悔しい思いを胸に秘めた者は珍しい」

「なぜ、そんなことを？」

「若旦那が憎いのだろう」

「遊んで面白いのは若旦那ですよ」

「殺して愉快なのも若旦那だ」

「なんということを」

「久助から芸を習ったそうだな？」

根岸は話を変えた。

「久助さんが話したんですか？」

「知らないのか、久助はもともと岡っ引きをしていてな」

「そうなので？」

本当に知らなかったらしい。

「いまも十手は返しておらぬのさ」

「変な人ですね」

ぽん助は、憎々しげに言った。

「数ある久助の芸のうち、なぜ、あの芸を習ったんだ？」

「なんででしょうね。自分でもわからないんですよ」

「ぺしゃっとつぶされる哀れさとはかなさが好きだと言っていたそうだな」

「あ、そう思ったんでしょうね」

「うまくやれているのか？」

「いやあ、いまだに納得いくようにはやれませんね」

「それは解釈が不十分だからだろう」

「お前がなぜ、あの芸が好きなのか、その理由のことだよ」

「解釈が？」

「わかりませんね」

「教えてやろうか。お前は、この世を理不尽な世界だと強く思っているからなのさ」

「理不尽な世界？」

「突如、巨大なものの出現で、犬はたちまち押しつぶされてしまう。それは酷いと強く感じるからこそ、お前はそれを笑いにしたかったんだ。裏にはお前の、この世に対する怒りがある」

「なんで、他人の気持ちをそんなふうに決めつけるんですか？」

「決めつけてはいない。推測しただけだ」

「推測した？」

「わしの道楽みたいなものでな」

ぽん助はじいっと根岸を見つめた。

「もしかして？」

声がかすれている。

「なんだ？」

「あなたさまは、与力なんかじゃない」

「誰だ？」

「もっと偉い人」

「偉くなどない」

「いや、あなたは！……」

「南町奉行の根岸だ」

「なんとまあ」

「お座敷でなくて残念だな」

「ほんとに。お呼びいただけていたら、どんなに嬉しかったか。『耳袋』、二巻だけですが、読ませていただきました」

「そうか。それはともかく、河岸を替えよう」

「え？」

「そなたの生まれ育ったところに行こう。舟を用意している」

根岸は立ち上がった。

ぽん助の膝がかすかに震えているのを、凶四郎は見た。

十

大川に出た舟は二艘とも、すぐに鉄砲洲の河岸に着けられた。

「どうだ、ここらは懐かしいか？」

ぽん助は河岸の上まで登って、周囲を見回したり、川の縁まで降りて、水に手を入れたりした。

「なんにもいいことはなかったのに、懐かしいのはなぜですかね？」

「いいことはなくても、いい夢を見ることはあったのだろう」

根岸はそう言って、河岸の段々に腰を下ろし、ぽん助にも隣に座るよう、手で指し示した。

「そなた、三十半ばほどに見えるが、じっさいはもっと若いんだよな」

「ええ、二十五ですが」

ぽん助がそう言うと、少し離れたところに座ったしめが、

「そんなに若かったんだ！」

と、声を上げた。

「死んだ若旦那たちと、同じような歳ごろだ」

「そうなりますかね」

ぽん助は顔をしかめて言った。

「だいたい、そなたは神童と呼ばれていたそうではないか」

「え？」

「教えられもしないのに、算盤を弾けるようになり、十桁の暗算までできたらしいな」

「なあに、周りが馬鹿ばかりだったから、話は大袈裟になっているんですよ」

「おやじも期待したのだろうな」

「てめえは棒手振《ぼてふ》りのくせにね」

「亡くなったのは幾つのときだ？」

「おやじはあっしが十二、母親は十三のときでしたよ」

「そなたは棒手振りをしながら、大店に入り込み、いろいろ話をするのが好きだったそうだな。そなたを覚えている者もおったみたいだ」

「そんなことまで……」

　ぽん助は、根岸を見た。

「そなたの心の奥にあった気持ちは、やっぱり怒りだろう」

「誰に向ける怒りですか？」

「そりゃあ、若旦那たちだよ」

「若旦那ねえ」

「若旦那と商売をやったそうじゃないか」

「え？」

「薬種問屋の沢井屋《さわいや》の清之助《せいのすけ》といったそうだな」

「……」

「そなたの出した思いつきを清之助が気に入り、金を出そうと話は進んだのだろう」

「……」

「匂いでもって病の治療をするという薬だったそうだな。面白い思いつきだ。そんな薬はほかにない。うまくやれば、大儲けできたかもしれぬ」

「……」

「そなたは、医者になる勉強をしていたといった証言もあったが、このための勉強だったのではないのか」

「……」

「結局、若旦那のせいでしくじり、それなのにそなたのせいってことになった。さぞや悔しかったよな」

「……あいつらは、皆、そうなんですよ」

ぽん助の声が変わっていた。

「裏切るという意味か」

「裏切るんです。偉そうにね」

「偉そうにな」

「そういうときは、まるでお侍みたいな顔をする。いや、お侍より性質《たち》が悪い。いかにもずるっこい面《つら》だ。そのくせ、あいつらは自信もねえんです。親のおかげってことは承知していて、いまの身代を次に渡すのも容易なことではねえってのもわかってる。自分にやれるのか、途中で潰して、みっともねえことになるんじゃねえか。ちっと頭の回る若旦那なら、それくらいは考えますよ」

「なるほど」

「商人の世界ってのも、お侍同様に厳しいですから。お侍もそうでしょう？　そこへ行くと、町奉行にまでおなりになった根岸さまはてえしたもんでげす」

「そうか。まあ、わしは元々、ただのろくでなしで、武士の生まれでもなかったからな。その分、必死でやったというところは、あったかもしれぬな」

「武士じゃなかったんですか？」

「金で買ったんだよ」

「噂は聞きました。本当にそうだったんですか？」

「ああ。意外にいるものなんだ。金で地位を買った武士。棒手振りから成り上がった豪商。この世は、お前が思っているほど、がちがちに固まってはいないのさ」

「なんてこった……」

ぽん助は、ふいに視線をあちこちに飛ばしたあと、

「お奉行さまは、生きることが馬鹿馬鹿しいと思われたことはないのですか?」

神妙な顔になって訊いた。

「もちろんあったさ。馬鹿馬鹿しくもなったし、自棄《やけ》を起こしかけたこともあった」

「そうですか。あっしは自棄を起こしたんでしょうね」

ぽん助はそう言って、持っていた扇子をゴリゴリと河岸の石段にこすりつけた。

「唆《そそのか》されて死んでいった若旦那たちも愚かだった」

「ええ。でも、唆したあたしもおろかでした」

ぽん助はそう言ってうなだれた。

「縛れ」

根岸は命じた。

「はっ」

源次がすばやく、縄を取り出した。

縛られながら、

「そういえば、沢井屋の若旦那に裏切られて、すっかり途方に暮れたとき、ちょうどこのあたりに座り込んで、川の流れを見つめたことがあったんですよ」

と、ぽん助は言った。

「……」

そういうことはもちろん根岸にも覚えがある。若いときの無頼な暮らし。いっこうに見えてこない将来。途方に暮れるなんてしょっちゅうだった。だいたいが、若者というのは、途方に暮れるものなのだ。

「そのとき、あのあたりに船荷の親方が立っていましてね。大勢の若い船頭たちに声をかけ、命令していたんです。その掛け声は、威勢がいいだけでなく、やさしさを感じさせるものでしてね。それに、若い船頭たちも、笑いながら活き活きと働いていたんですよ」

「……」

ここにいた船荷の親方と言えば、それは間違いなく、根岸の盟友である五郎蔵だろう。二人とも、ここらでは有名な悪たれだった。だが、五郎蔵も立ち直り、いまや江戸の水運業の大立者になっている。

ぽん助は、その五郎蔵とすれ違っていたのだ。

「あのとき、あたしも思ったんですよ。商売を立ち上げることは諦めて、船頭としてやり直してみようかなってね。あんなふうに身体を使い、笑って働けるなら、大儲けなど考えなくてもいいじゃねえかってね」

「なぜ、声をかけなかったんだ？」

「かけようと思ったんですよ。そしたら、上流から屋形船が来てましてね。それに、若旦那と幇間が乗っているのが見えたんですよ」

「そうなのか」

「ああ、ああいう道もあるんだと思いましてね。若旦那にはなれないけど、あんなふうに遊び相手にすることはできるんだって。そのころは、若旦那を死なせようとまでは思いませんでした。ただ、おべっか使って、金を吐き出させることで、内心、見返すことはできるんじゃないかってね」

「……」

まったく人の運命というのは、なんと偶然やすれ違いなどに左右されるものなのだろうと、根岸はいまさらながら、ため息をつく思いだった。そのとき、五郎蔵に声をかけていれば。あるいは、若旦那と幇間が乗った屋形船が通りかからなかったら……。ぽん助の人生が変わっただけでなく、ひそかに悩んでいた若旦那たちだって、死ぬまでには至らなかったかもしれないのだ。

「もう、どうしようもないな」

と、根岸は立ち上がった。

だが、そのとき、前の大川を、自前の舟を持ったぽん助が、荷物をいっぱい積んでこっちの河岸に寄って来る姿を見たような気がした。ぽん助の顔は、生気に満ちていた。

――もしかしたら、そうなっている世界というのもあるのかもしれない。

と、根岸は思った。

この世は不思議なところなのである。われわれは、この世の正体というものを、おそらくまだわかっていないのだ。

根岸は、奇妙な想念を振り払うように、何度か頭を振り、ぽん助に背を向け、河岸の段々を、澄んだ雲一つない青空のほうへと登り始めていた。

この小説は当文庫のための書き下ろしです。

編集協力　メディアプレス
DTP制作　エヴリ・シンク

文春文庫

耳袋秘帖《みみぶくろひちょう》　南町奉行《みなみまちぶぎょう》と死神幇間《しにがみほうかん》

定価はカバーに
表示してあります

2024年1月10日　第1刷

著　者　風野真知雄《かぜのまちお》
発行者　大沼貴之
発行所　株式会社　文藝春秋

東京都千代田区紀尾井町 3-23　〒102-8008
TEL　03・3265・1211(代)
文藝春秋ホームページ　http://www.bunshun.co.jp

落丁、乱丁本は、お手数ですが小社製作部宛お送り下さい。送料小社負担でお取替致します。

印刷製本・TOPPAN

Printed in Japan
ISBN978-4-16-792139-2